Los pasajeros del tren de Hankyū

Los pasajeros del tren de Hankyū

Hiro Arikawa

Traducción del japonés de
Yoko Ogihara y Fernando Cordobés

Lumen

narrativa

Papel certificado por el Forest Stewardship Council®

Primera edición: mayo de 2025

Título original: *Hankyū Densa*
阪急電車

© 2008, Hiro Arikawa
Todos los derechos reservados
Publicado originalmente en Japón por Gentōsha, Inc., Tokio
Derechos de traducción al español por acuerdo con Gentōsha, Inc.,
a través de The English Agency (Japón) Ltd. y New River Literary Ltd.
© 2025, Penguin Random House Grupo Editorial, S. A. U.
Travessera de Gràcia, 47-49. 08021 Barcelona
© 2025, Yoko Ogihara y Fernando Cordobés, por la traducción

Penguin Random House Grupo Editorial apoya la protección de la propiedad intelectual. La propiedad intelectual estimula la creatividad, defiende la diversidad en el ámbito de las ideas y el conocimiento, promueve la libre expresión y favorece una cultura viva. Gracias por comprar una edición autorizada de este libro y por respetar las leyes de propiedad intelectual al no reproducir ni distribuir ninguna parte de esta obra por ningún medio sin permiso. Al hacerlo está respaldando a los autores y permitiendo que PRHGE continúe publicando libros para todos los lectores. De conformidad con lo dispuesto en el artículo 67.3 del Real Decreto Ley 24/2021, de 2 de noviembre, PRHGE se reserva expresamente los derechos de reproducción y de uso de esta obra y de todos sus elementos mediante medios de lectura mecánica y otros medios adecuados a tal fin. Diríjase a CEDRO (Centro Español de Derechos Reprográficos, http://www.cedro.org) si necesita reproducir algún fragmento de esta obra.
En caso de necesidad, contacte con: seguridadproductos@penguinrandomhouse.com

Printed in Spain – Impreso en España

ISBN: 978-84-264-3142-4
Depósito legal: B-4771-2025

Compuesto en M. I. Maquetación, S. L.
Impreso en Rotoprint by Domingo, S. L.
Castellar del Vallès (Barcelona)

H431424

Los pasajeros del tren de Hankyū

Hankyū Dentetsu Kabushikigaisha o Corporación Hankyū es un operador privado de ferrocarriles de la región de Kansai, cuya capital es Osaka, y desde Umeda, en el centro mismo de la ciudad, conecta con otras ciudades como Kōbe, Takarazuka o Kioto.

La red ferroviaria consta de tres líneas principales, Kōbe, Takarazuka y Kioto, y siete ramales interconectados.

La novela se centra en uno de los ramales de la línea de Kōbe, la línea Imazu que conduce de Takarazuka a Imazu, estaciones ambas donde se realizan transbordos para conectar con otros destinos que incluyen los de Japan Railway, la compañía estatal de ferrocarriles.

Se trata de una red ferroviaria muy tupida y compleja que transporta a millones de pasajeros al año en la segunda conurbación más grande y poblada de Japón después de Tokio. Según datos recientes de la compañía, la red mueve alrededor de trescientas mil personas al día.

El ramal o línea de Imazu, en la cual se centra la novela, una de las menos conocidas de la red, tiene la característica de que a partir de la estación de Nishinomiya-kitaguchi obliga a apearse del tren y subir a la segunda planta de la estación para tomar otro de la misma línea que cubre el trayecto de las últimas tres estaciones por una vía sobreelevada.

Los trenes de Hankyū están pintados en un característico color burdeos que les otorga un encanto típico de otros tiempos y los convierte en un atractivo tanto para los habitantes de la región como para los numerosos turistas que transitan por ella. (*N. de los T.,* como el resto de las notas a pie).

IDA

Dirección Nishinomiya-kitaguchi

Takarazuka

Cuando la gente sube sola al tren suele hacerlo con una expresión de indiferencia. Los ojos vagan desde los carteles publicitarios colgados del techo del vagón hacia el paisaje al otro lado de las ventanas, tratando de evitar por todos los medios cruzarse con los del resto de los pasajeros. También hay quien mata el tiempo con la lectura, escucha música o se sumerge en la pantalla del móvil.

Quienquiera que no actúe de ese modo y manifieste alguna emoción, la que sea, llamará enseguida la atención de los demás.

Masashi se había fijado en una chica de pelo largo que, igual que él, se había subido al tren en la estación de Kiyoshi Kōjin, la penúltima parada de la línea Hankyū-Takarazuka y la más próxima a la biblioteca principal de Takarazuka.

Después de empezar a trabajar, hacía ya cuatro años, Masashi iba allí al menos una vez cada quince días, en parte porque le gustaba leer y en parte porque encontraba información útil para el trabajo, pero sobre todo porque no tenía novia y era una buena forma de ocupar los días en los que no quedaba con sus amigos.

Conocía de vista a los bibliotecarios y a algunos de los habituales. Por ejemplo, un señor mayor exasperante que siempre se las arreglaba para molestar al personal de la biblioteca, y a esa chica de pelo largo que se le había adelantado con un libro que también él quería leer. Era un título aparecido hacía menos de un mes y había dado mucho que hablar, así que fue toda una sorpresa encontrarlo por casualidad en los estantes. Se sintió muy afortunado, se dispuso a alcanzarlo, pero una mano se le adelantó. Molesto, se volvió enseguida hacia la dueña de esa mano, aunque la chica le gustó tanto que renunció a cualquier clase de reproche. La típica debilidad masculina.

Ella, por su parte, no pareció darse cuenta de que acababa de arrebatarle el codiciado libro (lo cual, visto desde otro ángulo, significaba que no se había fijado en absoluto en Masashi). Él la siguió con la mirada durante unos minutos, hasta que terminó por comprender que no tenía la más mínima intención de soltarlo.

La chica llevaba un bolso tipo *totto* de lona con la imagen impresa de un ratón mundialmente conocido. «Un poco infantil para su edad», pensó Masashi. Pero tal vez era su bolso más resistente, a prueba de bombas, y tan amplio que dentro le cabían un montón de libros.

«Seguro que viene a menudo», concluyó.

Pronto comprobó que no se equivocaba, porque a partir de ese día empezó a cruzársela a menudo, siempre con el mismo bolso del ratón que se reía a carcajadas. La chica le gustaba, desde luego, y por eso adquirió la costumbre de buscar con la mirada la sonrisa tonta del roedor.

No por ello dejaba de considerarla su rival, y en cuanto la veía se apresuraba a hacerse con los libros que le interesaban por miedo a sufrir una nueva derrota.

Se había dado cuenta de que sus gustos eran parecidos.

La chica tenía una habilidad especial para descubrir libros que enseguida llamaban la atención de Masashi. La envidiaba por ello, y se prometía a sí mismo que se los llevaría tan pronto como ella los devolviera. Sin embargo, era demasiado tímido para acercarse y anotar los títulos antes de que desaparecieran, y, por lo general, ya se había olvidado de ellos cuando ella los devolvía.

Masashi solo se había cruzado con aquella chica en la biblioteca, pero un día ella subió al tren en la estación de Kiyoshi Kōjin, precisamente al primer vagón, donde se encontraba él. Su bolso del ratón feliz parecía a punto de estallar. Pero Masashi, con su mochila de cuero cargada hasta los topes, no era el más indicado para reprocharle que acumulara libros y más libros.

Ella no parecía haberse percatado de su presencia.

Al llegar a Takarazuka, la chica tenía tres opciones, pensó: salir de la estación, tomar una correspondencia con una línea de JR* o hacer transbordo y subir al tren de la línea Hankyū-Imazu en dirección a Nishinomiya-kitaguchi (o Nishi-kita, como la conocía todo el mundo).

«¿Irá a Nishi-kita?», se preguntó Masashi cuando vio que la chica miraba inquieta el andén donde estaba estacionado ese tren.

Como había imaginado, la chica se apresuró hacia allí. Los fines de semana, cuando abría el hipódromo de Hanshin, en Nigawa, el tráfico se intensificaba y el tiempo para el transbordo entre trenes se reducía mucho.

«¿De verdad iba en esa dirección?», volvió a preguntarse un tanto confuso mientras se decidía a entrar en un vagón distinto al de ella.

Casi no quedaban asientos vacíos y había pasajeros de pie, pero, como los libros que cargaba a la espalda pesaban mucho, Masashi ocupó uno de los últimos sitios libres. La puerta que co-

---

* Japan Rail, la compañía nacional ferroviaria. La línea Hankyū, por el contrario, pertenece a un operador privado.

municaba su vagón con el siguiente se abrió de golpe y apareció ella, avanzando por el pasillo en busca de un hueco.

A la izquierda de Masashi quedaba un asiento libre, y algún otro un poco más lejos. Sin dudarlo un instante, la chica se sentó a su lado.

«Extraña sucesión de casualidades —se dijo a sí mismo—. Igual que una torre de Jenga siempre a punto de desmoronarse». En cualquier caso, debía de ser el único que caía en la cuenta.

Para no darle más vueltas al asunto abrió uno de los libros que acababa de sacar de la biblioteca. Ella, por su parte, se comportaba de un modo que él no llegaba a entender. Con el pesado bolso encima de las rodillas, giraba el torso hacia la ventana, es decir, hacia él, gracias a lo cual podía observarla sin demasiado esfuerzo.

La chica miró hacia algún punto al otro lado de la ventana, más allá del puente por donde circulaba el tren, y una sonrisa iluminó su rostro.

Intrigado, miró él también. Cruzaban el río Mukogawa y Masashi no pudo evitar un gesto de sorpresa. Sobre la arena de una estrecha isla en mitad del río, alguien había formado con piedras el ideograma de «vida». Era una obra colosal, pues prácticamente ocupaba toda la extensión de la isla, y estaba hecho con una clara intención artística tanto por las proporciones como por el equilibrio en su caligrafía pétrea.

—Es increíble, ¿verdad?

No comprendió que se dirigía a él hasta que el tren alcanzó el otro extremo del puente, desde donde el ideograma seguía siendo completamente visible. Aunque no respondió, ella continuó hablándole.

—Lo vi por primera vez hace un mes más o menos. Es increíble, ¿verdad? —volvió a repetir.

Lo que a Masashi le parecía increíble era que ella lo hubiera visto..., que alguien mirase por la ventana justo en ese punto, en ese preciso momento, y descubriese esa especie de grafiti gigante en medio del río. Era increíble, desde luego.

—¿No te parece increíble? —insistió ella finalmente.

—Hum... Bueno... —respondió él, inseguro—. La forma... El trazo es limpio, las piedras son todas del mismo tamaño, y seguramente hay una buena razón para que alguien se haya tomado tantas molestias. Si lo han hecho sin autorización, desde luego hay que tener agallas para plantarlo ahí.

—Para mí lo más increíble es la elección del ideograma —dijo ella—. Como solo tiene líneas rectas, es fácil de dibujar, pero visualmente impacta mucho. La primera vez que lo vi me dieron ganas de salir corriendo para ir a tomarme una cerveza de grifo.*

—¡Ah, claro! Se puede leer como «cerveza de grifo», pero yo lo había interpretado más bien en el sentido de «vida» en oposición a «muerte».

—Tienes razón. Quién sabe. Me pregunto qué sentido querría darle quien lo hizo.

—Si tanto te interesa, ¿por qué no preguntas en el ayuntamiento? A lo mejor han escrito «vida» porque tienen prevista alguna obra de reacondicionamiento del río para que recupere la vida.

—No tengo intención de hacer semejante cosa —dijo ella negando con la cabeza—. Si se refiere a algo así, me decepcionaría mucho, y más aún si resulta que lo ha hecho alguien sin per-

---

* El ideograma de «vida» (生) se puede leer también como «nama» (crudo), y asociado a «cerveza» se lee en japonés como «cerveza cruda» o cerveza de grifo o a presión, es decir, ni embotellada ni enlatada. Estos juegos polisémicos son cotidianos en Japón.

miso y lo van a quitar. De todos modos me gusta la idea... Pensar que es una especie de grafiti gigante que no ofende a nadie. Es raro, ¿no crees? Espero que se quede ahí mucho tiempo, me da igual no entender el verdadero significado.

Daba igual, desde luego, pensó Masashi, arrastrado por su entusiasmo.

Era una obra que tal vez nadie llegara a ver nunca, o todo lo contrario, pero cuya fortuna ignoraba su autor. La idea de que este fuera un vecino de la zona no dejaba de ser divertida.

—Bueno, yo también espero que tenga el sentido que sugieres —murmuró.

Ella le lanzó una mirada interrogativa.

—Porque, si lo leemos como «vivir», como «vida», podría implicar una especie de mensaje, un ruego...

La expresión de la chica pasó del entusiasmo al desánimo.

«Debería haberme callado», se dijo Masashi. No pretendía arruinar su ilusión, ni tampoco vengarse por el hecho de habérsele adelantado con aquel libro que deseaba leer.

—Puede que tengas razón... —admitió ella—. Seguro que oculta un significado más profundo. A lo mejor quien lo hizo pensaba en un familiar enfermo y es una plegaria para pedir por su recuperación.

—¡No, no! Eso seguro que no —la corrigió—. Hay infinidad de templos y santuarios a lo largo de este trayecto donde la gente va a hacer sus plegarias.

La línea Hankyū-Takarazuka, de hecho, seguía una antigua ruta de peregrinación, y tres paradas estaban ubicadas cerca de dos templos budistas y un santuario sintoísta: la estación de la biblioteca central, al pie de la colina del templo Kiyoshi Kōjinji; la del santuario de Mefu, hogar de una serie de divinidades menores, y, la más importante de todas y especialmente querida por la gente de la zona, la del templo de Nakayama, uno de los más visitados de toda la región.

En la misma línea Hankyū-Imazu, pero en dirección Nishikita, antes de llegar a la última parada, se encontraba el santuario de Mondo Yakujin, también muy frecuentado y consagrado a la paz del hogar, la salud, el éxito en los estudios y los partos sin complicaciones.

—Seguro que no esconde una plegaria. Si hubiera que rezar por un familiar enfermo, sería mucho más sencillo ir a cualquiera de los santuarios o templos que hay a la vuelta de la esquina. No es que falten opciones precisamente.

—¿Tú crees?

—No es la única interpretación posible. Podría tratarse de una broma, o de una maldición, quién sabe.

—¿Una maldición? —preguntó ella intrigada—. ¿Y eso por qué?

—Cuando el ideograma de «vida» se escribe junto a «muerte», resulta misterioso, esotérico... Como la corriente del río terminará por borrarlo..., no suena descabellado.

—Podría ser... —dijo ella con una mueca en los labios—. Nunca se me habría ocurrido, y eso que llevo un mes mirándolo. Tú acabas de descubrirlo y se te ocurren un montón de cosas...

—Me da la sensación de que no te gusta perder ni que te lleven la contraria.

—Yo lo había interpretado como un gesto gratuito, nada más.

«Se me adelanta con los libros que quiero, pero es simpática», pensó Masashi.

De todas las posibles lecturas de aquel misterio, la más inofensiva y amable era la que ella había planteado en principio: la que animaba a beberse una buena cerveza de grifo.

El revisor anunció por megafonía la llegada a la siguiente estación: Sakasegawa. La parada de Takarazuka-minamiguchi había quedado atrás sin que se dieran cuenta.

—Me bajo aquí —dijo ella.

—Me gustaría vivir en esta zona, pero no he encontrado nada —dijo él

La inesperada confesión no guardaba relación alguna con nada de lo que habían hablado hasta entonces, pero parecía que le costaba despedirse.

—¿De verdad? Yo tuve suerte, enseguida encontré algo cerca de la estación.

—El teatro de Takarazuka no está lejos, ¿verdad? Según tengo entendido hay muchos aficionados que viven en el barrio. El caso es que en la inmobiliaria solo quedaban pisos grandes para familias o apartamentos donde solo aceptaban mujeres.

—¿De verdad? No lo sabía. Es un barrio cómodo, cierto, con el ayuntamiento cerca y todo eso.

La velocidad del tren disminuyó a medida que entraban en la estación. Ella se levantó y le dijo adiós con la mano. Él le devolvió el gesto.

—Antes de volver a casa compraré una cerveza —dijo—. Me quedo con tu interpretación del ideograma. Es las más plausible.

La chica se volvió hacia él con una sonrisa en los labios.

—Podemos ir a tomar una cerveza la próxima vez que nos veamos. Yo prefiero la de grifo a la de lata o botella.

La posibilidad de un hipotético segundo encuentro dejó atónito a Masashi. Ni siquiera se habían intercambiado los números de teléfono, y ella había iniciado la charla por un motivo banal.

—¡Algún día en la biblioteca! Suelo verte allí a menudo —confesó ella al fin.

Cuando el tren se detuvo, Masashi aún no había salido de su asombro. La chica saltó del vagón con un movimiento casi ingrávido. No se dirigió hacia la escalera mecánica aun cuando arrastraba un bolso cargado hasta los topes.

«Debe de pesar una barbaridad», se dijo él sin dejar de mordisquearse los labios.

Saber que ella también se había fijado en él hizo que se sonrojara.

«La próxima vez que nos veamos...».

«Es sábado y no tengo plan para esta tarde».

Creía que era el único que se había dado cuenta de que sus caminos se cruzaban de cuando en cuando.

La próxima vez... ¿Dónde? ¿Cuándo?

Sintió el irrefrenable impulso de correr tras ella para preguntarle por qué se había decidido a hablarle.

«Si tanto te gusta la cerveza de grifo, ¿por qué no nos tomamos una ahora mismo?».

Se precipitó fuera del vagón.

El ratón feliz no había alcanzado todavía la mitad de la escalera cuando él empezó a trepar los escalones de dos en dos.

Takarazuka-minamiguchi

La estación de Takarazuka-minamiguchi tiene un aspecto decadente y la primera pregunta que surge al verla es cuándo la reformarán de una vez.

La anterior, Takarazuka, y la siguiente, Sakasegawa, están muy animadas. De hecho, Takarazuka-minamiguchi es la única de toda la línea que da la impresión de haber sido abandonada a su suerte.

Las tiendas de la galería comercial que da acceso a la estación sobrevivieron a duras penas durante años y terminaron por echar el cierre a falta de una renovación que nunca llegaba.

El único lugar digno de interés en los alrededores es el hotel Takarazuka, frecuentado por los fans de la Takarazuka Revue, una compañía de teatro formada exclusivamente por mujeres. La probabilidad de cruzarse allí con alguna de las actrices es muy elevada.

En cuanto el tren que iba en dirección Nishi-kita se detuvo en el andén, Shōko entró en el vagón con un golpeteo de tacones que sonaba como una amenaza. No había demasiada gente, pero todos los asientos estaban ocupados y no le quedó más remedio que quedarse de pie al lado de la puerta con su vestido blanco. Mejor así, no quería arrugar una prenda que le había costado una fortuna.

Dejó en el suelo la bolsa de papel con el anagrama del hotel Takarazuka que contenía los regalitos para los invitados de la boda. Le daba igual que alguno de esos objetos frágiles se estropeara. Si ir a la boda hubiese sido desde el principio un motivo de alegría para ella, no se le habría ocurrido vestirse de blanco.

Jamás olvidaría la cara de la novia cuando la vio aparecer de esa guisa. Su expresión quedaría grabada para siempre en el álbum de recuerdos de su corazón.

El blanco era el color reservado a la novia, y a nadie en su sano juicio se le habría ocurrido acudir a una boda con un vestido de ese color de no ser la protagonista del enlace. Era un código de vestimenta elemental para esa clase de eventos. Pero, además, ella había optado por un peinado arreglado con largas horquillas rematadas con cabezas blancas, y, cuando escribió su nombre en el libro de invitados en la recepción, a su alrededor solo vio malas caras.

Un vestido blanco, la diana perfecta para las miradas airadas... Divertido, ¿no? Una especie de broma. Sus labios esbozaron una sonrisa al recordar alguna de aquellas miradas.

«Nunca habría imaginado que serías capaz de hacerme eso».

Cinco años antes, las dos mujeres jóvenes habían sido contratadas por la misma empresa, y solo seis meses después Shōko había empezado a salir con un compañero. Los demás se enteraron enseguida de que eran pareja, y al cabo de tres años daban por sentado que terminarían por casarse antes o después. Pero la protagonista de ese enlace no era ella, sino la compañera con quien entró en la empresa. El colmo de los colmos. Y lo cierto era que Shōko ya no tenía claro en qué momento había pasado a ser un pluscuamperfecto.

A diferencia de Shōko, que tenía los ojos grandes, la nariz recta, una boca bien delineada y un carácter recio, la prometida era una chica anodina, una oficinista del montón que no destacaba por nada en particular. Como habían empezado a trabajar al mismo tiempo, estuvieron juntas en el periodo de formación, y así fue como se hicieron amigas. Tanto, de hecho, que la prometida pronto se acopló por su cuenta y riesgo al grupo de colegas que Shōko había aglutinado nada más llegar gracias a su carácter sociable.

«¿Cómo puedes ser amiga de alguien tan diferente a ti?», le preguntó un compañero un día que la interesada no había ido a trabajar.

No supo qué responder. Desde el principio había sido la otra, con su ausencia de personalidad, quien se había pegado a Shōko, y no fue hasta más tarde cuando se dio cuenta de lo mucho que se inmiscuía en su vida. La chica no tenía demasiada iniciativa en el trabajo, pero tampoco resultaba una carga, y quizá gracias a eso la relación se mantuvo estable. Shōko no era muy consciente, pero la prometida siempre revoloteaba a su alrededor a todas horas. Cuando Shōko empezó a salir con su novio, es decir, con el hombre con quien la otra se acababa de casar ese día, esta se enteró por boca de alguien y fue a preguntarle si era cierto que salía con el señor X.

—Pues sí —respondió Shōko en tono cortante, reacia a airear sus intimidades.

—¿Y por qué no me lo has dicho? —le reprochó la otra—. Somos amigas, ¿no?

Por primera vez, Shōko pensó que aquella chica era insoportable. Debió aprovechar entonces para poner distancia, pero le pareció más inteligente no buscarse problemas en el trabajo.

Ahora, en el tren, decidió no darle más vueltas al asunto. Después de todo, era inútil pensar en cosas de un pasado al que ya no podía regresar.

—¿Una maldición? —preguntó sorprendida una chica que iba sentada cerca de ella.

Esa palabra y el tono de voz de la joven llamaron de inmediato la atención de Shōko, que rápidamente dirigió la mirada hacia ella para descubrir a una pareja sentada a pocos pasos de distancia. A pesar de su juventud, dedujo por su forma de vestir que ambos se habían iniciado ya en la vida laboral. Tanto el bolso de lona de ella como la mochila de él iban cargadas hasta los topes de libros.

—¿Y eso por qué?

—Cuando el ideograma de «vida» se escribe junto a «muerte», resulta misterioso, esotérico...

La chica, incapaz de disimular su curiosidad, seguía muy atenta la explicación, pero él parecía más preocupado por la gente que los rodeaba y bajó la voz, tanto que Shōko ya no pudo seguir la conversación.

¿Una maldición?

No pudo evitar una sonrisa.

Ella sí que acababa de lanzar una maldición, y para hacerlo había necesitado ese vestido blanco.

Había salido con su novio cinco años y a menudo hacían planes de matrimonio, lo cual era causa de no pocas angustias, malos entendidos y discusiones.

Una amiga suya casada le aseguró que toda esa confusión era normal, propia del momento, y le aconsejó que aguantase hasta la boda porque entonces todo terminaría por calmarse. Shōko la creyó.

Seguro que sería así, siempre, claro está, que nadie de su entorno fuera capaz de aprovecharse de las tensiones de la pareja.

Su novio no sabía mentir, pero actuaba de un modo extraño y Shōko intuyó enseguida que tenía una aventura. Aun así, como atravesaban un momento delicado, decidió que lo perdonaría, tanto si confesaba haber sido infiel como si lo ocultaba.

Por eso se quedó pasmada cuando un día, al llegar a la cafetería donde se habían citado, se lo encontró sentado junto a aquella mosquita muerta.

¡¿Ella?!

—Tenemos que dejarlo —dijo él.

¿Cómo? ¿Por qué decía eso de repente? No tenía sentido.

—¿Se puede saber qué está pasando? —preguntó Shōko dirigiéndose a su compañera, que reaccionó aferrándose a él atemorizada.

El chico puso un cuaderno de color rosa encima de la mesa. Era uno de esos diarios de embarazada con el nombre de ella escrito en la cubierta.

Shōko se quedó estupefacta.

—¡Me has engañado mientras preparábamos nuestra boda! —alcanzó a decir cuando al fin recuperó el habla—. ¿Y ni siquiera has tomado precauciones?

La rabia que destilaban sus palabras provocó el llanto de la otra.

—Lo siento —balbuceó al fin como buenamente pudo—. Ha sido culpa mía. Le dije que no se preocupara por los anticonceptivos, que en caso de quedarme embarazada abortaría y no le molestaría con el asunto.

«¡Y este imbécil se lo ha creído!». Shōko no daba crédito.

A pesar del disgusto, logró calmarse. El hombre con quien había compartido su vida durante cinco años, con el que planeaba casarse, parecía tan idiota e insustancial que ni siquiera era capaz de ver más allá de sus narices.

—¿Y tú qué?, ¿aprovechaste la ocasión? ¿Te dio igual dejarla embarazada porque te dijo que llegado el caso abortaría? ¿Te das cuenta de la clase de tipejo que eres?

Todo aquello era lamentable.

Desde las otras mesas, todo el mundo los miraba con curiosidad. ¡Qué humillación verse inmersa en los estúpidos enredos de esos dos cretinos!

—¿Y a ti no te da vergüenza? —le preguntó después a ella alzando el mentón a modo de amenaza.

—Lo siento... —gimoteó entre lágrimas de cocodrilo—. Es que... cuando supe que estaba embarazada... La verdad es que él siempre me había atraído..., desde que empecé a trabajar en la empresa..., y pensé que podría criar a mi hijo yo sola si él no quería hacerse cargo.

¡Mentira! De haber sido cierto lo que decía habría desaparecido sin más. Seguro que a él le había contado la misma patraña, convencida de que terminaría por hacerse cargo.

¿Qué opción le quedaba a Shōko? ¿Alegrarse? ¿Deprimirse al descubrir la clase de hombre que era?

—Shōko —le dijo él entonces—, yo sé que eres una mujer fuerte y te las arreglarás sola.

«Guárdate tu cantinela de tres al cuarto —pensó ella—. Si tan capaz soy de arreglármelas yo sola, ¿por qué demonios he estado contigo cinco años? ¿Por qué me he empeñado en seguir adelante a pesar de que la perspectiva del matrimonio me angustiaba?».

—Pero ella se ha quedado embarazada de mí y no podría ser feliz contigo si la abandonara. Además, ella es muy familiar, conciliadora, tiene buen carácter y será una buena madre...

¡Menudo imbécil! ¿Cómo podía dejarse engañar de esa manera? ¿Cómo podía presumir de ella por ser conciliadora, familiar o sumisa después de haberse acostado con él para quedarse embarazada mientras traicionaba a una amiga?

—Fíjate —continuó él—, tú ni siquiera has derramado una lágrima. Ella, por el contrario, no para de llorar, y eso que la has atacado y no dejas de lanzarnos todo tipo de acusaciones. Si hubieras sido más considerada...

—¡Basta ya! Si sigues por ese camino, vas a acabar echándolo todo a perder, también a ella.

La advertencia de Shōko le paró los pies. Guardó silencio.

«Si hubieras sido más considerada, te habría elegido a ti y le habría pedido a ella que abortase». ¿Era eso lo que había querido insinuar?

Shōko ya había oído suficiente.

—Te dejaré en paz con una condición. Si no la aceptas, te haré la vida imposible por haber roto nuestro compromiso.

Después de cinco años juntos y varios meses preparando la boda, Shōko conocía totalmente su situación financiera y sabía que, si le buscaba las vueltas, le iba a provocar todavía más problemas. Tragó saliva, recuperó el aliento y se dirigió a ambos:

—Exijo que me invitéis a la boda.

La mosquita muerta era una romántica, seguro que soñaba con casarse vestida de blanco. Por primera vez, su llanto fue sincero. Hasta ese momento todo había sido una burda pantomima.

Cuando recorrieron juntos los distintos departamentos de la empresa para anunciar su enlace, sus superiores pusieron cara de extrañeza, según la información que Shōko fue recopilando aquí y allá gracias a su vasta red de colegas. Ella utilizó a esos mismos colegas para difundir el rumor de que la mosquita muerta le había quitado el novio después de quedarse embarazada.

Después, se limitó a cumplir con sus responsabilidades un día detrás de otro sin alterar el gesto de patetismo en su rostro. Su expresión ultrajada bastaba para hundir la reputación de la nueva pareja mientras ella se beneficiaba de la compasión de sus jefes.

Al fin y al cabo, la mujer que le había robado el novio no tenía escrúpulos y desde hacía tiempo era una rémora para ella, y, en cuanto a él, solo era un pobre imbécil que se dejaba arrastrar.

«¡No soñéis con alcanzar el paraíso tan fácilmente!».

Fueron muy cautos al anunciar que la boda se limitaría al ámbito familiar, pero esa decisión desató el sarcasmo de algunos compañeros, que se mostraron aparentemente decepcionados después de tanto tiempo esperando la invitación. «Qué se le va a hacer —se atrevió a decir uno entre dientes—, me hacía ilusión asistir a esa boda, aunque no precisamente con esa novia».

Por fin llegó el gran día.

A la discreta ceremonia, solo para la familia y los más íntimos, Shōko acudió en calidad de amiga de la novia.

Nada más llegar, su vestido blanco de diseño sencillo atrajo todas las miradas. Ella no conocía a nadie.

Durante el banquete no se respiró un gran entusiasmo. Como era lógico, Shōko y su exnovio tenían unos cuantos amigos en común, pero él parecía haberse tomado la molestia de invitar solo a los más lejanos. Así se guardaba las espaldas y no ponía a los demás en una situación incómoda.

Las amigas de la novia tampoco parecían disfrutar de una verdadera intimidad con la anfitriona. En el trabajo, se había pegado a Shōko como una lapa solo por interés, y era probable que en su época de estudiante hubiese hecho lo mismo con otras chicas.

—¡Qué vestido tan bonito!

El comentario provocó la sonrisa de Shōko.

—He pensado que una mujer a quien le roban el novio y a la que incluso humillan con un embarazo podía permitírselo, ¿no?

Los gestos de asombro y las risas de sus compañeros de mesa agitaron la conversación. Después de todo, quizá no consideraban a la novia una verdadera amiga.

Shōko no se había sentido nunca especialmente afortunada por su belleza, pero, cuando los recién casados iniciaron el recorrido protocolario por las mesas para saludar personalmente a los invitados, una sensación de orgullo la embargó.

A pesar de que a la recién casada la había maquillado un profesional, Shōko seguía siendo mucho más atractiva y elegante, en especial con ese vestido blanco.

Al verla, el rostro de la novia se ensombreció, y miró a su recién estrenado marido con expresión diabólica al darse cuenta de cómo la miraba él. Porque la miraba a ella, a Shōko, a la mujer con quien debía haberse casado si no se hubiera dejado arrastrar por sus malas artes.

—Os deseo toda la felicidad del mundo —dijo Shōko con una leve inclinación de cabeza.

Sus compañeros de mesa se limitaron a un simple «enhorabuena» que podía ocultar un doble sentido.

Cuando el fotógrafo se disponía a hacer la foto de rigor, resonó la voz punzante de la recién casada:

—¡No es necesario! Pasemos a la siguiente mesa.

El desaire hizo estallar los reproches. «¡Qué antipática!». «¿Se puede saber qué hemos hecho?». «¿Y para esto nos hemos tomado la molestia de venir?». La tensión era palpable, los cuchillos habían quedado al descubierto dispuestos a pinchar y cortar donde hiciera falta. Shōko no sabía si estaban en verdad ofendidos o querían mostrarse solidarios con ella, pero le daba igual: ella se había presentado allí con la única intención de molestar.

El maestro de ceremonia tomó la palabra y comunicó a los asistentes que la madre de la novia había elegido los salones de ese hotel porque ella misma se había casado allí, pero su tierna historia no dulcificó la atmósfera en la mesa de Shōko.

A continuación, justo en el momento en que las luces se atenuaban para dar paso a la proyección de un vídeo de los recién casados, un empleado del hotel se acercó discretamente a Shōko y le ofreció un chal negro.

—Discúlpeme... A la novia le gustaría que se cubriera usted un poco... Su vestido resulta demasiado llamativo.

—Está bien.

Pensó que había llegado el momento de marcharse y se levantó en silencio.

—Me voy ya. Acompáñeme a la salida, por favor.

Muy diligente, el camarero la condujo de inmediato a la salida sin hacer preguntas.

Una vez allí le tendió una bolsa de papel con los regalos de rigor para los invitados. Estuvo a punto de rechazarla, pero, antes de que pudiera hacerlo, el hombre se inclinó en un gesto de cortesía.

—Si no lo acepta, nos causará un problema. Se lo ruego, por favor.

Shōko se hizo cargo. Rechazarlo era un gesto infantil. Abandonó el hotel con la bolsa en la mano.

La chica de antes se levantó en cuanto anunciaron por megafonía la estación de Sakasegawa.

«Podemos ir a tomar una cerveza la próxima vez que nos veamos. Yo prefiero la de grifo a la de lata o botella».

El joven parecía sorprendido.

«¡Algún día en la biblioteca! Suelo verte allí a menudo».

La chica se puso en pie y caminó hasta la puerta del vagón. Cuando hubo salido, él dudó unos instantes y luego saltó del tren y voló tras ella por las escaleras por donde ella había subido apenas unos segundos antes de dos en dos.

Aún no eran pareja, pensó Shōko.

—Una lástima —murmuró en voz alta.

Estaba feliz por haber presenciado el inicio de una historia de amor, aun cuando le resultara doloroso.

Acababa de lanzar una maldición a unos recién casados. Su exnovio se había desacreditado en el trabajo, pero encontrar un nuevo empleo no era tarea fácil en medio de la eterna recesión que imperaba. A la novia, por su parte, que no disponía de recursos suficientes para permitirse renunciar a su puesto, no le iba a quedar más remedio que enfrentarse a las miradas aviesas de sus compañeros.

Por lo general, cualquier rumor acababa olvidándose al cabo de un par de semanas, pero, mientras Shōko siguiera compartiendo con ellos el lugar de trabajo, ya se encargaría ella de alimentarlo. Se quedaría en la empresa para nutrirlo día tras día. La vieja idea de que el odio y el rencor no eran un consuelo le traía sin cuidado. Estaba dispuesta a ser todo lo retorcida que fuera necesario.

Renunciar al trabajo habría sido tanto como darse por vencida. No tenía intención de hacerlo antes de que su rival se tomase el permiso de maternidad (después de lo cual, seguramente, ya no volvería a trabajar allí).

Una señora mayor acompañada de una niña entró en el vagón y buscó con la mirada un par de asientos libres. La niña señaló a Shōko con el dedo y exclamó:

—¡Mira, una novia!

Shōko no pudo reprimir las lágrimas.

«Me hubiera gustado ser la novia agarrada del brazo de ese estúpido con el que he salido cinco años —se dijo desconsolada—. No me enamoré de él porque sí, porque no tuviera nada mejor. No. Nuestra historia fue como la de ese chico que acaba de salir volando detrás de la chica con la que hablaba. Yo lo quería. Era cariñoso conmigo, aunque no siempre me pareciera de fiar. Desconfiar de él me molestaba, especialmente cuando planeábamos nuestra boda, pero lo atribuía a los nervios, a la angustia por la proximidad del gran día, y pensaba que todo se pasaría».

Jamás habría imaginado que las cosas entre ellos terminarían de esa manera por culpa de una manipuladora que, no contenta con robarle el novio, había reducido a la nada cinco años de relación.

A partir de ese momento no quería volver a cruzarse con un hombre así.

«No soy una novia, pequeña. Solo me he puesto un vestido blanco para lanzar una maldición».

Sakasegawa

«¡Qué lindos son!».

Tokie entornó los párpados para mirar a la pareja detenida en mitad de la escalera. El joven parecía emocionado cuando se dirigió a la chica de pelo largo, que llevaba un bolso de lona con la imagen impresa de un famoso personaje de Disney que también le gustaba mucho a su nieta.

—¿Y si nos tomamos esa cerveza ahora? ¿Te parece bien? —El esfuerzo de subir los escalones de dos en dos le había dejado sin aliento—. Aunque..., no sé..., a lo mejor tienes novio y...

—No, no tengo novio —respondió ella riendo—, pero me gustaría. En fin, no me molesta en absoluto ir a tomar una cerveza contigo.

—¡Estupendo!

—Pues vamos.

—¡El tren, abuela!

Tokie, que asistía obnubilada al comienzo de una historia de amor, se apresuró. Después de todo no era tan mayor como para no poder bajar deprisa unas escaleras.

—¡Uf! —exclamó la niña en cuanto puso el pie en el vagón.

En realidad, habían llegado con suficiente margen, ni siquiera habían anunciado la salida del tren.

—¡Menos mal, abuela!

La niña estaba con la lengua fuera, pero Tokie prefirió callarse que de haber ido sola no le habría hecho falta correr. Se suponía que una abuela no debía hacer gala de sus proezas físicas.

Su hijo y su nuera le habían confiado a la niña mientras ellos iban al cine, y Tokie había vuelto a llevar a su nieta a un parque para perros que habían inaugurado donde antes estaba el parque de atracciones Takarazuka Family Land. Era el pasatiempo perfecto, porque a la niña le encantaban los perros y allí se podía pasear sin necesidad de tener uno. De vuelta a casa habían decidido parar en Sakasegawa para ir la tienda favorita de la niña, un bazar enorme donde se encontraba de todo por cien yenes (argumento que servía a la pequeña para intentar que los adultos le regalasen algo). Su abuela le compró unas chocolatinas y un juguete.

—El perro de hoy era monísimo, ¿verdad?

—Un corgi galés —dijo Tokie, a quien le gustaban los perros más aún que a su nieta y se conocía las razas de memoria.

Como no había asientos libres, se dirigieron al siguiente vagón.

—Abuela, ¿hoy también has traído una de tus obras de *découpage*?

—Claro que sí. Mi nueva obra.

—Mamá dice que ya no quiere más, que tenemos demasiadas.

Su nuera aún no había aprendido a confiarle algo a su hija asegurándose antes de que guardara el secreto. A no ser, claro está, que su intención fuera usarla de intermediaria para enviarle el mensaje, lo cual no dejaba de ser una brillante estrategia.

—Aunque no lo quiera, se lo voy a dar igual.

Su hijo y su nuera le encomendaban a menudo el cuidado de la niña, pero nunca habían hablado de la posibilidad de vivir todos juntos bajo el mismo techo, ni siquiera cuando Tokie enviudó unos años atrás. Tampoco ella se había molestado en sacar el tema: no tenía la más mínima intención de imponer a nadie semejante convivencia.

No obstante, su relación distaba de ser mala. A veces Tokie se quedaba a dormir en su casa, o ellos en la suya.

Además de una casa libre de cargas, su hijo único y su nuera heredarían a su muerte todo el dinero que su marido y ella habían ahorrado a lo largo de su vida.

La idea de no valerse por sí misma en el futuro la inquietaba, ciertamente, pero para cubrirse las espaldas había contratado un seguro que solventaría ese tipo de eventualidades, y además se esforzaba por mantenerse en forma y alimentarse bien. En cualquier caso, los años pasaban, y ella solo esperaba que, llegado el momento, el cielo le concediera la gracia de morir de repente y sin sufrimiento.

Tras la muerte de su marido decidió permitirse unos cuantos placeres, convencida de que viviría sola el resto de sus días.

Uno de sus mayores deseos era tener un perro.

Lo sacaría a pasear a diario, lo cual sería muy beneficioso para su salud. Había visto a gente más mayor que ella a cargo de perritos no demasiado grandes, y se sentía del todo capaz de tener uno.

Y, si algún día era incapaz de atenderlo, su nieta asumiría la responsabilidad encantada de la vida. Su hijo y su nuera, por su parte, no podrían protestar. Sería parte de su herencia y cuidarían bien de él.

Al entrar en el siguiente vagón, sumida en sus pensamientos, vio a una joven con un magnífico vestido blanco de pie junto a la puerta. Era muy guapa, aunque por el gesto de su cara daba la impresión de que acababa de asesinar a alguien.

Su nieta estaba en esa edad en que las niñas se sienten atraídas por las princesas, las novias y los vestidos de encaje.

—¡Mira, una novia! —exclamó, señalándola con el dedo.

En ese mismo instante las lágrimas se deslizaron por las mejillas de la joven.

Con su experiencia de la vida, a Tokie le bastó un simple vistazo para imaginar que la chica iría vestida de esa guisa por alguna razón particular. A sus pies había una bolsa de papel con el emblema del hotel Takarazuka, uno de los establecimientos más demandados en la zona para celebrar bodas. El sentido común más elemental dictaba que a ninguna mujer en sus cabales se le ocurriría jamás asistir a una boda en calidad de invitada con semejante vestido.

Por si eso no bastara, un atuendo tan elegante no podía costar menos de cien mil yenes, y el hecho de que la chica se hubiera echado a llorar al oír el comentario de la niña, siendo, como parecía, una mujer inteligente, no inducía a pensar que hubiera cometido el desatino de presentarse así en una boda por carecer del más elemental sentido común.

La niña, fascinada, se dirigió al asiento más próximo a la mujer. Era el único sitio libre y Tokie no tuvo más remedio que quedarse de pie. Comprendió que su nieta, que presa de la curiosidad infantil no apartaba los ojos de la joven que lloraba, tardaría poco tiempo en preguntarle qué le ocurría.

Era preferible que ella misma abordara la situación para evitar el mal trago. La niña era lo suficientemente educada para saber que no debía entrometerse en una conversación de adultos.

—¿Ha conseguido salir indemne de la afrenta? —preguntó.

La joven tardó unos segundos en darse cuenta de que se dirigía a ella.

—¿Me pregunta a mí?

—Sí.

El tono seco de Tokie era habitual en ella, pero la joven creyó que se trataba de una crítica.

—Pensará usted que soy una insensata por ir vestida de esta manera. Ha adivinado por la bolsa que vengo de una boda, ¿verdad?

—No, por favor, no me malinterprete. Nunca se me ocurriría juzgarla. Solo le pregunto porque soy una vieja indiscreta que desea saber si ha podido usted vengarse.

Superada la sorpresa inicial, Shōko al fin sonrió.

—No lo sé, la verdad. Puede que mi argucia sirva para unirlos más aún. Quién sabe. Me doy por satisfecha con que se acuerden de mí cada vez que piensen en el día de su boda. Solo quería que no lo recordasen como el mejor día de sus vidas, sino como uno digno de olvidar.

Guardó silencio unos instantes antes de retomar la conversación como si se hubiera quitado un gran peso de encima.

—¿Sabe?, dejé que me robasen el novio. Habíamos iniciado los preparativos de la boda y esa mujer aprovechó la tensión del momento para seducirlo. Se quedó embarazada a propósito, para acorralarlo.

—Siempre han existido mujeres pérfidas. Lo lamento por usted.

—Usted no es como los demás. Cualquier otra persona de su edad habría dicho que no hay que herir los sentimientos del prójimo por mucho daño que le hayan podido hacer a una.

—Solo una santa sería capaz de aguantar eso sin rechistar. La venganza es un alivio. No está mal devolver el golpe cuando se tiene la fuerza suficiente para hacerlo. No hay por qué arrepentirse.

Tokie miró a través de la ventana la hilera de casas viejas que flanqueaban las vías del tren.

—Hay que estar preparado para la traición y para el perdón. Usted ha actuado así porque la han herido profundamente, y no serviría de nada tratar de convencerla de lo contrario. Discúlpeme, solo soy una vieja indiscreta.

—Le aseguro que soy mucho más guapa que esa mujer.

—Eso no lo dudo.

De no ser así, jamás habría osado hacer algo parecido.

—Me gustaría que hubiese visto su cara cuando los dos se han acercado a la mesa donde estaba yo para saludar a los invitados. Estoy segura de que él me ha visto más hermosa que nunca, como nunca en los cinco años que hemos estado juntos. Me alegraré mucho cuando piense en mí dentro de diez años y su mujercita se haya convertido en un ama de casa aplastada por la maternidad y por la vida. Incluso cansada y envejecida como ella, yo seguiré siendo más guapa... Sí, quiero que él piense en mí, en la mujer con la que una vez deseó compartir su vida, que se acuerde del día de hoy, de que soy mucho más atractiva que ella a pesar de todos sus esfuerzos por hacer del día de su boda el mejor de su existencia, que se arrepienta de haber perdido lo que podría haber sido suyo.

Sus palabras evidenciaban el ánimo de una mujer que acababa de asestar un golpe definitivo, aun cuando rezumaban el dolor de la afrenta. Sonaban a soberbia, pero traslucían la sangre que brotaba de sus heridas.

—Me da igual si todo el mundo piensa que soy una arrogante o una frívola. Estoy lista para cualquier cosa. Mi objetivo era convertir el día más importante de sus vidas en una maldición.

—Es usted una mujer valiente —afirmó Tokie con una inclinación de cabeza—. ¿Trabajaban juntos en la misma empresa?

—Sí.

—Permítame hablarle como la vieja curiosa e irresponsable que soy y no tenga muy en cuenta lo que le voy a decir.

La joven prestó atención con actitud dócil.

—Maldiga usted hasta que ya no sienta la necesidad de hacerlo. Mientras sean ustedes compañeros, él se sentirá muy incómodo y eso perjudicará su carrera.

Tokie optó por no aludir a la recién casada. Tenía la suficiente experiencia para saber que una víbora como ella probablemente dejaría el trabajo en cuanto naciera su hijo. Semejante panorama no era la mejor de las opciones, precisamente. Sus artimañas para engatusar al novio habían funcionado, sin duda, pero a buen seguro no tendría la fortaleza de ánimo necesaria para soportar por mucho tiempo las miradas reprobatorias del entorno.

—Mi consejo es que cuando se sienta usted satisfecha renuncie al trabajo.

La joven vestida de novia guardaba silencio. Había prestado atención sin pronunciar una palabra, pero lo que Tokie acababa de decirle la dejó confusa, despertando sus dudas.

Si lo acechaba sin compasión hasta hundirlo, ese hombre angustiado por culpa de una esposa que dependía por completo de él terminaría por desarrollar hacia Shōko un rencor infinito, de tal manera que la maldición se volvería en su contra.

Tokie ignoraba cuánto había querido la joven a ese hombre, pero estaba segura de que sabría curarse sus heridas.

—Tiene usted razón —dijo al fin la chica.

«Próxima estación: Obayashi. ¡Obayashi!».

El aviso por megafonía espoleó a Tokie, que decidió inmiscuirse un poco más en ese asunto que no le incumbía.

—Si tiene usted tiempo —le dijo a la joven—, bájese aquí. Tiene mala cara y puede aprovechar para descansar un rato. Es una estación moderna y el barrio es muy agradable.

La joven la miró perpleja y decidió hacer caso a esa señora mayor que le hablaba con tanta franqueza.

—De acuerdo. Me bajaré.

El tren redujo la marcha y finalmente se detuvo.

Las puertas se abrieron y una pareja entró en el vagón. Se quedaron mirando con descaro a esa mujer vestida de blanco que tanto llamaba la atención en la línea de tren local.

—¡Señorita, se olvida esto! —le gritó la nieta de Tokie a la joven.

Ella se encogió de hombros. Quizá su intención era deshacerse de la bolsa, pero se dio media vuelta y la agarró. Se despidió de la niña con un gesto tenso de la mano antes de bajar del tren.

—¡Qué guapa es esa novia! —dijo la pequeña sin apartar los ojos de ella mientras se alejaba por el andén y el tren reemprendía la marcha.

—No es una novia —dijo Tokie en tono seco. Después de todo, había que darle su lugar a la verdadera recién casada.

—Una novia no subiría sola al tren el día de la boda. ¿Acaso has visto a su marido?

—Es verdad.

El color blanco no era de uso exclusivo para las recién casadas. También se usaba en los funerales, y en los dramas tradicionales las mujeres que visitaban los santuarios a la hora de las reses*

* Método tradicional para conjurar las maldiciones.

o que se comprometían en una venganza iban siempre vestidas de blanco. El blanco, por tanto, servía igualmente para las celebraciones y para las maldiciones. No importaba si la niña aún no tenía edad para saber todo eso.

—Qué guapa es, ¿verdad?

—Sí, muy guapa.

—No, no me refiero a eso.

De pie junto a la puerta, la pareja joven que acababa de subir al tren no pudo evitar comentar lo que acababan de ver. A Tokie no le sorprendió.

—Me refiero a que lleva un vestido blanco como de novia y la típica bolsa de regalitos que te dan en las bodas. Es raro, ¿no?

—¿Qué tiene de raro?

—¡Ah! Los hombres no entendéis nada. No se puede llevar un vestido blanco a una boda. Es algo que simplemente no se hace. Y menos un vestido tan bonito y tan caro. Estoy segura de que debe de tener una buena razón para hacerlo.

La observación de la chica era acertada, pero Tokie no quería que su nieta escuchase más sobre el asunto. Aunque no era más que una niña, se daba perfecta cuenta de que la conversación giraba en torno a la mujer que acababa de irse. Estaba tranquilamente sentada, pero era evidente que aguzaba el oído. Su abuela temía que, a pesar de no comprender del todo las palabras de la pareja, terminara por suponer que criticaban a la joven.

—¡Ami!

La niña dio un respingo al escuchar su nombre. Seguro que le remordía la conciencia por prestar oídos a una conversación ajena.

—¿Sabes que estoy pensando en tener un perro?

—¿En serio, abuela? —El rostro de la pequeña se iluminó, y en su mirada resplandeciente se notó que ya se había olvidado por completo de la joven de blanco y lo que de ella decía la pareja.

«Así está mejor —pensó Tokie—. No son historias para una niña de su edad».

—Me gustaría que fuera un golden retriever.

—¡Imposible! No tengo fuerza para manejar un perro tan grande. Tiene que ser más pequeño.

—Entonces... ¿uno como el de hoy? ¿Un corgi?

—Ese tamaño está bien, aunque tal vez me decida por un shiba.

—¡Ay, sí! Los shiba son muy monos.

La niña adoraba los perros. Cualquier raza le habría entusiasmado.

—¿Y uno más pequeño? ¿Un chihuahua? —propuso Tokie.

—No, es demasiado pequeño. Tiene que ser un poco más grande.

Ya que su abuela vivía sola en una casa con jardín, y por mucho que no pudiera controlar físicamente una raza grande, la niña quería, al menos, uno de tamaño razonable.

—Date prisa y cómpralo rápido, ¿vale? Yo lo sacaré a pasear siempre que quieras.

Mientras se preguntaba si a su nuera le haría gracia la noticia, Tokie le recitó a su nieta una lista de razas con sus correspondientes características. A esas alturas la niña ya había olvidado el asunto de la novia.

—Abuela, si tanto te gustan los perros, ¿por qué no has tenido ninguno hasta ahora? —preguntó extrañada.

Tokie se tomó su tiempo antes de responder. Lo cierto era que siempre había habido perros en su familia; cuando uno moría, enseguida aparecía un nuevo cachorro... Luego, tras casarse y tener su propia casa, esa tradición se interrumpió.

—¡Ah, sí! —dijo riéndose al acordarse de una vieja historia casi olvidada—. ¡A tu abuelo no le gustaban los perros!

—¿De verdad?

En su época los matrimonios por amor no eran tan comunes como en la actualidad. Tokie había conocido a su futuro marido después de que las dos familias llegasen a un acuerdo, y poco a poco, con el paso del tiempo, los sentimientos brotaron entre ellos.

El día en que él le propuso con suma delicadeza ir a su casa el domingo siguiente para saludar a sus padres, Tokie no encontró ninguna razón para negarse. El carácter dócil y amable de aquel joven le bastaba para confiar en él.

Llegó el domingo acordado y su novio se puso su mejor traje para la ocasión. Se presentó en casa de Tokie con un ramo de flores para ella y una botella de sake de primera calidad para su padre.

Toda la familia, con muestras de alegría, le dio la bienvenida a la entrada de la casa.

Pero resultó que había un miembro al que no parecían gustarle esa clase de ceremonias.

El novio, que saludaba a todo el mundo con su mejor sonrisa en los labios, de repente torció el gesto. Y a continuación lanzó un auténtico alarido. Asustada, Tokie miró a su alrededor y descubrió que el perro de la familia, un kai que solía estar atado en la caseta del jardín, se había soltado y le había mordido en el culo. La consecuencia inmediata fue que el traje se echó a perder (si bien el padre de Tokie, obviamente, le pagó uno nuevo). La segunda, que a su futuro marido no le quedó más remedio que enseñar el culo a todo el mundo allí mismo, mientras le desinfectaban la herida con yodo en el tatami dispuesto para la importante ocasión. Al médico le enfureció que le molestaran por una simple cura que, según él, podía haber hecho cualquiera de la familia. Era un reproche comprensible, pero ¿quién iba a atreverse a curarle el trasero al prometido de Tokie en un día tan señalado como ese?

Hoy en día el episodio se habría resuelto sin tantos remilgos, pero en aquel entonces una pareja de novios apenas tenía permitidos unos pocos besos castos de vez en cuando.

Los ánimos se calmaron, pero, como el novio difícilmente podía estar sentado, se marchó enseguida sin probar la comida. La madre de Tokie tuvo la delicadeza de prepararle una bandeja para que se la llevase a casa, pero, en resumen, la velada fue un completo desastre.

Aunque nunca antes había sufrido un altercado con perros, a raíz de aquello el joven les cogió pavor (el kai era un perro de caza, con una mandíbula particularmente poderosa). A partir de aquel día, cada vez que un can se cruzaba en su camino, por pequeño que fuera, corría a esconderse detrás de Tokie.

Ese era el motivo de que nunca hubieran querido uno a pesar de la casa con jardín.

Pero, desde la muerte de su marido, Tokie lo había deseado a menudo. Era ahora o nunca.

La historia del mordisco siempre había divertido a su hijo, que no podía dejar de reírse cuando veía a su padre esconderse detrás de su mujer porque algún perro andaba cerca. Daba igual que se tratara de un chihuahua. Para evitarle el mal trago, ella no dudaba en dar un rodeo cuando iban caminando y atisbaba algún animal en la distancia. Nunca había comentado el incidente fuera de la familia, decidida a llevarse el secreto a la tumba.

En su fuero interno, le pidió perdón a su esposo por revelárselo ahora a su nieta.

«Si tengo un perro —pensó dirigiéndose a él—, ¿volverás a casa por *obon*?* No creo que te moleste. Ahora que te has convertido en espíritu podrás evitarlo sin mayores problemas, ¿no? Si es necesario, puedo ponerle un bozal. Y, si todavía tienes miedo, puedes acomodarte encima de mi cabeza. Pero no te preocupes. No será un kai».

---

* Festividad de culto a los antepasados que se celebra entre los días 12 y 15 de agosto cuando se cree que regresan a la casa familiar.

Obayashi

«¿Qué tendrá de bueno este lugar?», se preguntó Shōko nada más bajarse del tren.

El vestíbulo de la estación era un espacio acristalado y anodino con algunas sillas de plástico pegadas a la pared. Ni siquiera eran todas del mismo color, unas rosas y otras azules, y el conjunto resultaba poco atractivo. Ese recinto decadente solo servía para refugiarse de los rigores del tiempo, y a pesar de estar climatizado olía a humedad y a cerrado.

Los baños estaban limpios, sí, pero no destacaban por nada más. Tampoco las máquinas expendedoras eran distintas a las de otras estaciones.

Mientras se dirigía a la salida con el ceño fruncido, una pequeña criatura vestida de frac atravesó el aire como un relámpago, y un instante después oyó un piar agitado por encima de su cabeza. Miró hacia arriba y vio un nido de golondrinas donde los polluelos se asomaban desesperados por atrapar el alimento. El progenitor introdujo la comida en la boca de una de las crías y reemprendió el vuelo de inmediato.

En cuanto desapareció de la vista, Shōko escuchó el mismo aletear en una dirección distinta. Se dio la vuelta y encontró otro nido. Miró a su alrededor y contó un total de tres mientras el coro de polluelos se agitaba o calmaba según aparecían o se marchaban sus progenitores.

Debajo de cada uno de los nidos habían colocado un soporte de madera. Era un trabajo casero, y justo en la base vio un cartel escrito a mano con tinta clara: ESTE AÑO TAMBIÉN HEMOS VENIDO. DISCULPEN LAS MOLESTIAS Y DISFRUTEN DE LA COMPAÑÍA DE NUESTRAS CRÍAS HASTA QUE ABANDONEN EL NIDO.

La caligrafía hacía pensar en el carácter amable de su autor, y aquel mensaje enternecedor parecía destinado a aplacar la posible irritación de los viajeros. Sin duda, pensó Shōko, era obra de algún empleado.

No era extraño encontrarse con carteles que advertían de la presencia de nidos de golondrina, pero los que ella había visto hasta entonces se limitaban a decir: NIDOS DE GOLONDRINA. ¡CUIDADO! No recordaba haber leído ninguno escrito con esa calidez, como si el mensaje fuera de la propia golondrina.

Tenía un billete para Umeda, y sin embargo se había bajado en esa estación tan pequeña que ni siquiera contaba con un apeadero donde pudieran detenerse los coches para dejar o recoger a los pasajeros. De hecho, el único acceso era a través de una suave pendiente adoquinada.

Después de atravesar el torniquete de salida, giró a la izquierda en la primera bifurcación y divisó, al fondo, lo que parecía un pequeño supermercado con muchas bicis aparcadas delante. Un poco más lejos vio una farmacia.

En el alero del tejado del supermercado notó algo extraño. Era un paraguas colgado del revés y enganchado al canalón.

Qué hacía eso ahí, se preguntó. Intrigada, se acercó para echarle un vistazo, y en cuanto estuvo justo debajo lo comprendió. Se trataba de otro nido de golondrinas, y el paraguas, puesto del revés, servía para recoger los excrementos.

—¡Qué buena idea! —le dijo casi sin querer a un hombre mayor que vigilaba el aparcamiento de bicicletas—. Es muy ingenioso.

A juzgar por su edad, el hombre debía de trabajar allí por horas para sacarse un extra. Se volvió hacia ella y ladeó un poco la cabeza con aire de extrañeza. No la había entendido.

—Digo que es una buena idea —repitió ella en voz más alta mientras señalaba el paraguas.

El hombre asintió al fin.

—¡Ah, eso! Es que no podíamos simplemente retirar el nido, ¿no le parece? Hay que proteger a esas criaturas... Vienen de muy lejos y además traen buena suerte. Pero los nidos también dan problemas, porque ensucian a la gente. Al final se nos ocurrió poner el paraguas.

«Es una estación moderna y el barrio es muy agradable».

Shōko comprendió de repente lo que había querido decir la señora del tren. Debía de ser un vecindario estupendo. Y le entraron ganas de comprar algo en ese supermercado donde los empleados se habían tomado la molestia de pensar en el bienestar de los clientes y las golondrinas y habían dado con la solución del paraguas boca abajo. Tenía hambre. Apenas había probado bocado en la boda y decidió que se sentaría en un banco cercano a comer algo y tomar un té.

Se despidió del guarda y entró en el establecimiento. Justo en la entrada estaban expuestas las verduras de oferta, pero renunció a comprarlas para no ir demasiado cargada en el trayecto de vuelta a casa.

Era una tienda pequeña y se recorría en un abrir y cerrar de ojos, aunque estaba tan bien surtida como cualquier otro supermercado. Además, no cerraba hasta medianoche. Parecía perfecta para la gente que vivía sola, pensó, porque lo que ofrecían en los *konbini** resultaba monótono y poco saludable. A cualquier joven casada le vendría bien tener una tienda así cerca de casa, se dijo, y ese pensamiento le provocó una intensa punzada en el corazón.

Cerca de la caja estaba la sección de platos preparados. Había *onigiri*** de verdura encurtida hechos a mano, nada que ver con los industriales. Encantada de poder probar comida casera, eligió unos de ciruela con sal y otros de hojas de *shiso.**** Luego buscó una botella de té en el pasillo de los refrigerados y se dirigió a la caja.

Era un día soleado en plena estación de lluvias y el banco donde se sentó resultó ser un lugar muy agradable. De pronto le pareció mentira haber estado tanto tiempo de pie en el tren para no arrugarse el vestido. Ahora le daba todo igual.

Los triángulos de arroz estaban riquísimos, igual de buenos que si los hubiera preparado una madre preocupada por la salud de su hija. Los saboreó despacio y dio un sorbo al té. Solo eso le bastó para sentirse saciada.

Después tiró el envoltorio a la basura y se dirigió al mismo hombre de antes.

—Disculpe...

—Dígame —respondió él con una sonrisa amable, como si le agradeciera la observación sobre la idea del paraguas.

—¿Hay alguna tienda por aquí donde pueda comprar algo de ropa?

---

   * Pequeños supermercados abiertos veinticuatro horas que también prestan diversos servicios.

   ** Cuñas de arroz blanco triangulares u ovaladas rellenas o mezcladas con diversos ingredientes.

   *** *Perilla frutescens*, planta aromática comestible con aceites esenciales que se usa para diversos platos.

El hombre inclinó la cabeza sin saber qué contestar. A buen seguro no tenía ni idea de dónde podía haber una tienda de ropa de mujer.

Finalmente le señaló unos grandes almacenes que quedaban más abajo.

—Imagino que allí tendrán algo.

Comparado con la pequeña tienda, aquel sitio parecía enorme. Shōko decidió probar suerte. Le dio las gracias y bajó la cuesta en aquella dirección.

La gente con la que se cruzaba la miraba muy sorprendida a causa de su vestido blanco inmaculado. Era una zona residencial y a esas horas todo el mundo vestía ropa más o menos informal. Solo en alguna ocasión se topó con un hombre trajeado. Su vestido de novia no podía pasar inadvertido en semejante entorno.

Pero en ese momento Shōko no podía hacer nada por evitarlo, así que siguió caminando despacio hasta el establecimiento que le había indicado el vigilante.

La sección de ropa femenina estaba en la primera planta. Subió las escaleras mecánicas sintiendo de nuevo cómo las miradas de los curiosos se clavaban en ella. Solo encontró prendas para señoras de mediana edad o ropa de estar por casa, nada de lo que habitualmente le gustaba.

Se decidió por un pantalón básico y una camiseta, y se puso a la cola para pagar.

—Disculpe —le dijo a la cajera—. ¿Podría cortar las etiquetas y decirme dónde está el probador? Me gustaría cambiarme.

La mujer, vestida con un uniforme azul marino, hizo lo que le pedía a pesar del desconcierto que Shōko leyó en su expresión. De hecho, la acompañó hasta el probador y esperó a que saliera, quizá porque no había entendido bien lo que pretendía. Ciertamente, su entrada en escena en el local había llamado demasiado la atención.

Guardó el vestido en la bolsa de plástico que le acababan de dar esforzándose por comprimirlo lo máximo posible.

Cuando abrió la cortina del probador, la cajera dio un gritito de sorpresa.

—¡El vestido!

Sin duda se había dado cuenta de que era una prenda mucho más cara y delicada que la ropa de la tienda.

—No importa, no se preocupe.

Shōko volvió a calzarse los zapatos de tacón y se colgó el bolso. Seguían siendo demasiado elegantes y no pegaban con la ropa que acababa de ponerse, pero al menos ya no atraería todas las miradas.

—Adiós —dijo con una ligera inclinación de cabeza, dejando estupefacta a la mujer tras de sí.

En cuanto salió a la calle tiró el vestido a un cubo de basura.

Pensó en el dineral que le había costado, en la posibilidad de revenderlo, de empeñarlo incluso, pero las fibras de aquella prenda habían quedado tan impregnadas de rencor en la boda de la mujer que le había robado el novio que era mejor que no cayese en manos de nadie.

Recuperar un poco de dinero habría sido un gesto vacío por su parte, sin ningún sentido. Los más de cien mil yenes que había pagado por él habían servido, al menos, para lavar la afrenta y proporcionarle cierto alivio. Los zapatos y el bolso pertenecían a su fondo de armario, de manera que no le causaban ninguna inquietud. Le molestaba tener que cargar con la bolsa de papel llena de regalitos que le habían entregado en la boda, eso sí, pero no se atrevía a tirarla en cualquier parte.

Se dispuso a dar un paseo por aquel barrio y enfiló una calle estrecha que parecía animada. Y entonces...

Sobre su cabeza volaban cientos de golondrinas rápidas como relámpagos. Había nidos por todas partes.

No es que fuera un ave exótica, pero nunca había visto tantas juntas ni tan integradas en el entorno. Aunque no callaban ni un instante, se trataba de un murmullo que armonizaba con los sonidos del barrio. Era un sitio perfecto para anidar y criar a sus polluelos sin sobresaltos.

La mujer del tren tenía razón. Se trataba de un lugar agradable. Pero Shōko no quiso aventurarse mucho más lejos por terreno desconocido, y después de dar una vuelta alrededor de los grandes almacenes regresó a la estación por una calle flanqueada de árboles y arbustos en plena floración. Parecían todos de la misma especie, pero con flores de distinto color. Unas eran blancas de aspecto esponjoso y otras rosas, y esa alternancia producía un efecto precioso.

Caminó en dirección a la estación rodeada de flores. A mitad de camino se topó con una farmacia y se le ocurrió comprar unas toallitas para desmaquillarse. Luego retomó el camino sin prisa. La calle no era ancha, pero estaba muy concurrida. «No estaría mal vivir aquí», pensó. Sin duda, era un buen lugar.

Bajó el ritmo de sus pasos, como si le diese pena marcharse de allí. Para no repetir el mismo recorrido, se desvió por otra calle desde la que también se veía a lo lejos la catenaria de la vía del tren, y, al fondo, el camino adoquinado que se bifurcaba nada más salir de la estación. Faltaba poco para llegar a la entrada.

Subió la pendiente, se plantó frente a la máquina expendedora de billetes para ajustar la tarifa y, una vez más, hizo un bonito descubrimiento. Del techo colgaban los típicos adornos de papel de la fiesta de Tanabata* confeccionados por manos infantiles, junto a un cartel que rezaba: LOS NIÑOS DE LA ESCUELA DEL BARRIO DESEAN A TODOS UN FELIZ TANABATA.

Más que una actividad programada por el colegio parecía una iniciativa de los propios alumnos. Por el aspecto de los bambúes decorados con cientos de papelitos de todos los colores, los autores de la obra no debían de tener más de siete u ocho años.

«Gracias».

Lo más probable es que los viajeros lo agradecieran cada vez que entraban y salían de la estación. ¿Cuánta gente en realidad era capaz de hacer algo así, de aportar un toque de belleza a un lugar de tránsito?

Ajustó la tarifa del billete hasta Umeda y después de pasar el torniquete se acercó a la taquilla.

—Disculpe...

—¿Sí?

Un hombre de pelo canoso se acercó al cristal con una sonrisa en los labios. Shōko sacó una caja de dulces de la bolsa de regalos de la boda y la colocó sobre el pequeño mostrador.

—Me gustaría que lo aceptara, para usted y sus compañeros —le dijo.

El empleado puso cara de extrañeza y ella sintió la necesidad de explicarse.

—Vengo de una recepción donde me los han regalado, pero yo no puedo comer dulces y es una pena tirarlos. Son excelentes y me haría muy feliz si los aceptara.

* Fiesta de las estrellas que se celebra cada 7 de julio para rememorar el encuentro entre Orihime (Vega) y Hikoboshi (Altair), amantes separados por la Vía Láctea, según la leyenda, y a los que solo se les permite reencontrarse el séptimo día del séptimo mes del calendario lunisolar.

Al contrario que el vestido, comprado para ejecutar su venganza, los dulces estaban libres de toda infamia. Eran, ciertamente, unos dulces exquisitos que elaboraban con sumo cuidado los reposteros del hotel donde se había celebrado el enlace. Aun así, ella era incapaz de comérselos, y sería un alivio que alguien más disfrutara de ellos en lugar de tirarlos.

—¿Es usted diabética? —le preguntó el empleado con gesto de preocupación—. Debe de ser duro cuando se es tan joven. ¿No tiene a nadie en la familia a quien dárselos?

—Vivo sola. Considérelo una muestra de agradecimiento por la labor que hacen ustedes con las golondrinas. He visto el cartel y me ha emocionado. Quédeselos, por favor. Me gustaría que los disfrutasen ustedes.

El hombre se rascó la cabeza, como si le diera vergüenza la alusión al cartel.

—Ah, sí, vienen todos los años y hemos terminado por cogerles cariño. Yo mismo coloqué la madera debajo del nido, pero el cartel lo ha escrito un compañero que tiene buena caligrafía.

—Es una idea estupenda.

Antes de marcharse se despidió con una pequeña reverencia. El hombre aceptó la caja de los famosos dulces del hotel Takarazuka y le devolvió el gesto con una inclinación más profunda.

—Muchas gracias. Se lo diré a mi compañero.

El tren estaba a punto de llegar, pero ella entró en el baño sin preocuparse. Frente al espejo vio una cara maquillada que ahora se le antojaba una máscara de guerra. Le había pedido a la peluquera que se esmerara porque quería ser la más guapa de la boda. No acostumbraba a maquillarse de ese modo, pero ese día necesitaba que su belleza destacara por encima de la de la novia.

De hecho, el rostro de la novia se convirtió en el del mismísimo diablo en cuanto sus ojos le echaron la vista encima, y a punto estuvo de estallar mientras la rabia la invadía. Así que el esfuerzo había valido la pena. Pero la función de ese maquillaje específicamente concebido para un fin ya había concluido.

Sacó las toallitas húmedas que acababa de comprar y se limpió la cara. Hicieron falta unos minutos para eliminar todas las capas de maquillaje. Luego se retocó como solía hacer siempre, de un modo más natural.

Dejando aparte esa ropa comprada un poco a lo loco, volvía a tener, más o menos, el aspecto de siempre.

Su venganza había concluido.

No había logrado desembarazarse por completo del rencor, pero sí golpear donde quería. En ese sentido no tenía nada que reprocharse.

¿Cuándo terminaría todo aquello?

Seguramente esa pregunta se la había inspirado la mujer con quien se había cruzado en el tren por pura casualidad.

Nigawa

—¡Te lo acabo de decir!

Misa se rio y volvió a explicarle el asunto del vestido blanco de la mujer que se había bajado en la estación de Obayashi.

A pesar de la sonrisa en sus labios no podía evitar una impaciencia cada vez más acuciante.

—Una invitada no puede presentarse en una boda con un vestido blanco.

—¿Y eso por qué? Cada cual tiene la libertad de vestirse como le parezca, ¿o no?

Katsuya —su novio— volvía a repetir el mismo argumento de antes, a darle otra vuelta de tuerca.

—Por muy importante que sea la invitada, la protagonista absoluta de la boda es la novia. Los novios ejercen de anfitriones, y los invitados acuden para celebrar su enlace. El color blanco está reservado a la novia y ninguna mujer con sentido común se pondría nunca un vestido blanco.

—¿Y quién decide ese sentido común?

—Nadie. ¡Son cosas evidentes!

Misa no pudo reprimir un suspiro.

—Si te invitasen a una boda, no se te ocurriría presentarte con esa pinta, ¿no?

Katsuya llevaba ropa holgada estilo hiphop.

—¿Qué pasa? ¿Ahora vas a criticar cómo me visto?

—No se trata de eso, sino de saber qué ponerse en cada momento.

¿Por qué acababa siempre discutiendo con él? Después de todo, lo que le estaba explicando no era tan difícil de entender.

—Nosotras las mujeres procuramos no llevar a la boda ni siquiera un chal blanco, eso sería hacer sombra a la novia, incomodarla, y todo el mundo nos lo echaría en cara.

Katsuya resopló, a punto de partirse de risa.

—O sea que hay mujeres que viven preocupadas por cosas insignificantes y ahora resulta que tú eres una de ellas.

Llevaban un año saliendo y a Misa ya no le sorprendía su aspereza, pero a veces se pasaba de la raya y no podía tolerarlo.

Se daría cuenta demasiado tarde de que habría hecho mejor en callarse.

—¿Tú crees que sabes más que yo de lo que se debe o no se debe hacer en una boda? Hace poco se casó un compañero tuyo, ¿no? ¿Seguro que respondiste del modo adecuado a la invitación?

—Por supuesto. No hay más que aceptar y volver a enviar la tarjeta con la confirmación.

—Muy bien. ¿Y la enviaste a nombre de los contrayentes?

El gesto de Katsuya cambió, como siempre que se enfrentaba a algo que ignoraba.

—No la enviarías sin más, ¿verdad?

Como le guardaba rencor por el modo en que acababa de hablarle, se permitió ser un poco agresiva. No obtuvo respuesta, pero por su reacción dedujo que, en efecto, eso era lo que había hecho.

—Hay que escribir el nombre del novio y el de la novia, es una cuestión de cortesía.

Katsuya, impasible, guardó silencio.

—No basta con reenviarla a nombre del remitente.

Lo cierto era que existían toda una serie de variantes que hacían de las reglas de cortesía un asunto complicado y lleno de formalidades, pero como ella tampoco se sentía muy segura en ese terreno prefirió no mencionarlas siquiera.

Estaba admirada de su moderación. Le había hablado así porque estaba enfadada, pero también porque quería enseñarle buenas maneras, aunque debió de ser demasiado para él, porque de buenas a primeras le dio una patada a la puerta del vagón contra la cual estaba apoyado. Misa se asustó. Dio un respingo y metió la cabeza entre los hombros como si quisiera esconderse mientras él miraba al vacío. Cuando ella echó una ojeada a su alrededor, vio que la patada había atraído sobre ellos la atención de todo el vagón.

La niña sentada justo enfrente se había quedado boquiabierta, igual que la mujer mayor que iba a su lado, que debía de ser su abuela.

Seguro que Katsuya notaba las miradas, pero ni corto ni perezoso le dio otra patada a la puerta, esta vez más fuerte.

—Te crees superior a mí por saber todas esas cosas, ¿verdad?

«Mal asunto», pensó Misa. Si hubieran estado en su apartamento o en algún lugar solitario, sin duda le habría dado un golpe.

—Lo siento... No me creo superior, simplemente he pensado que te interesaría...

—¿Crees que soy imbécil? ¿Te crees superior a mí por saber esas chorradas?

A sus malos modos añadió una tercera patada.

La niña de enfrente rompió a llorar. Aunque la rabia de Katsuya no iba dirigida a ella, su tono y su actitud la tenían aterrorizada.

«Lo siento mucho, es todo culpa mía», dijo Misa para sus adentros. Katsuya chasqueó la lengua y añadió en voz baja:

—¡Y ahora esa niña, maldita sea! ¿Por qué no se calla de una vez?

Misa renunció a decirle que la niña lloraba por su culpa. Era mejor no empeorar las cosas, y si continuaba discutiendo con él podía terminar montando un escándalo.

«Próxima parada: Nigawa. ¡Nigawa!».

La mujer mayor ayudó a levantarse a su nieta en cuanto oyó el aviso por megafonía. Katsuya también se dispuso a bajar. Misa lo siguió.

—¿Vas a bajarte aquí? —preguntó sorprendida—. ¿No íbamos a la inmobiliaria de Nishi-kita?

—Se me han quitado las ganas. Por tu culpa. —No hacía el menor esfuerzo por disimular su rabia—. Me voy a las carreras de caballos a ver si saco algo, aunque hoy no hay gran cosa. Si quieres ver casas, ve tú sola.

En Nigawa estaba el hipódromo de Hanshin, y los fines de semana acudía mucha gente a las carreras. De hecho, habían tenido que construir un paso subterráneo para conectar la estación con el hipódromo y evitar de ese modo las aglomeraciones.

La otra salida de la estación, en el lado opuesto, desembocaba en una calle comercial un poco decadente que iba a dar a una zona residencial apacible y completamente distinta a la parte del barrio donde se hallaba el hipódromo.

No es que Katsuya fuera un gran aficionado a las carreras de caballos. Solía apostar cuando algún amigo le invitaba a ir o cuando había pruebas importantes. Se le había ocurrido bajarse allí de improviso solo para molestar a Misa.

La mujer mayor consolaba a la niña, que no dejaba de llorar.

—Maldita vieja —murmuró Katsuya entre dientes sin atreverse a alzar la voz. En realidad, era a Misa a quien culpaba.

—Escúchame —le dijo ella—. Ha sido culpa mía. Olvídalo, por favor, vayamos a la inmobiliaria.

El tren se detuvo y se abrieron las puertas. Misa trató de impedir que saliera, pero él la rechazó, haciéndole perder el equilibrio al borde del vagón.

—¡Ay! —se quejó ella, a punto de caerse en medio del andén.

Él ni siquiera se tomó la molestia de dar media vuelta para mirarla. Una vez liberado, aprovechó para dirigirse a la salida a buen paso.

Misa se limitó a mirar su espalda mientras se alejaba, sin fuerzas para seguirlo.

«Por qué tenemos que acabar siempre igual», se preguntaba. Tanto si salían a dar una vuelta como si quedaban en casa de él, la cosa acababa siempre en discusión incluso después de hacer el amor. Misa no lograba entender qué era lo que no funcionaba entre ellos. Discutían por cualquier detalle insignificante, y lo peor de todo era que el asunto nunca se quedaba ahí. Todo se complicaba hasta un punto sin retorno, y, si estaban en casa de él, Misa siempre se llevaba un golpe. Si, por el contrario, habían salido, la dejaba plantada en la calle sin importar dónde estuvieran. Siempre lo mismo. Eran incontables las ocasiones en que había vuelto a casa llorando, sola.

Luego, cuando estaba de buen humor, Katsuya no dejaba de insistir en que se fueran a vivir juntos. Le aseguraba que todo iría bien y así se ahorrarían un alquiler. Pero después volvía a enfadarse y su cólera lo arrasaba todo. Era incapaz de controlarse. Por mucho que Misa llorara, la pelea no terminaba hasta que él tenía bastante.

Los demás pasajeros salieron del vagón de detrás de ellos. Misa estaba acostumbrada a que la gente la mirase con lástima. Oyó que alguien se sonaba la nariz a sus espaldas. Se dio la vuelta y vio que la señora mayor de antes le estaba limpiando los mocos a su nieta y trataba de consolarla.

—Siento mucho haberla asustado —se disculpó Misa.

La mujer dobló el pañuelo con un movimiento rápido y preguntó:

—¿Ese chico es un cobarde o simplemente un estúpido?

Misa tardó unos segundos en comprender que se refería a Katsuya, y cuando al fin cayó en la cuenta no pudo evitar una convulsión. Era ella quien salía con un chico que una desconocida consideraba un cobarde o un estúpido.

—¿No será mejor que le dejes? Solo te va a hacer sufrir.

La mujer hablaba con un tono perentorio mientras se dirigía a las escaleras que llevaban a la salida de la zona residencial. Arrastraba de la mano a su nieta, que al menos había dejado de llorar.

Misa las vio alejarse hasta que desaparecieron de la vista y volvió despacio al andén para sentarse en un banco.

«¿Por qué estoy con un hombre así?».

Las peleas sin sentido no tenían fin, y cuando él se enfadaba no le importaba que hubiera gente delante o no, se ponía a gritar y a soltar improperios sin control. Le daba igual humillarla, herir sus sentimientos. Simplemente la ignoraba, y si estaban solos podía llegar incluso a ponerse violento.

Fue él quien se acercó a ella por primera vez. Katsuya era muy guapo y a ella no le molestó en absoluto que lo hiciera. La invitó a tomar algo y ella aceptó de buen grado.

Mientras charlaban se dieron cuenta de que las universidades donde estudiaban se encontraban cerca, a lo largo de la misma línea ferroviaria. Además, los dos vivían solos, porque, aunque sus padres eran de la región, ir y venir a diario desde sus casas resultaba complicado y caro.

Se cayeron tan bien que ese mismo día intercambiaron los números de teléfono, y al cabo de un mes ya frecuentaban el apartamento de uno o del otro.

Todo fue muy rápido: se conocieron, se ilusionaron y no tardaron en acostarse. Al principio Katsuya era cariñoso con ella.

¿Cuándo habían empezado a torcerse las cosas?

En algún momento Misa había comenzado a ocuparse de las tareas domésticas en la casa de él, y si aceptaba la idea de vivir juntos era porque le resultaba demasiado pesado hacerse cargo también de la suya.

¿Cómo era posible que en menos de un año se hubiera convertido en algo de su propiedad y además en su criada?

A Misa le gustaba complacerlo, pero eso derivó pronto en una costumbre que él daba por hecha. Como su apartamento era un desastre y la ropa sucia se le amontonaba, la llamaba por teléfono para anunciar que no tenía un solo calzoncillo limpio.

Al principio ella se quejaba y le decía que no era la mujer de la limpieza, que se hiciera cargo de sus cosas, pero él vencía su resistencia haciéndose el pobrecito. Más o menos en esa época comenzaron las peleas interminables, y ella terminó por resignarse a hacerle la limpieza una vez por semana para ahorrarse discusiones que no llevaban a ninguna parte.

¿Qué sentido tenía entonces el proyecto de buscar un apartamento para irse a vivir juntos?

Su entrega incondicional no la protegía de sus ataques de cólera, como demostraba lo que acababa de pasar hacía un momento. A Misa no le gustaba considerarse una mujer entregada, pero le irritaba todavía más darse cuenta de que él no mostraba el más mínimo agradecimiento.

Además...

Si ahora que no vivían juntos él se permitía maltratarla físicamente en ciertas ocasiones, ¿dónde se refugiaría cuando estuviera bajo el mismo techo con un hombre que ni siquiera tenía la delicadeza de respetarla?

Decidió volver a casa.

Se levantó del banco y esperó al siguiente tren. En condiciones normales le habría llamado o le habría mandado un mensaje para pedirle perdón, es más, le habría esperado sin moverse de allí hasta que se le antojase volver.

Bien pensado, ¿valía la pena todo aquello?

Además...

«Mi madre se disgustaría muchísimo si llegara a enterarse de que mi novio me pega», se dijo a sí misma.

A fuerza de pensarlo terminó por tomar conciencia de algo que jamás se le había pasado por la cabeza. Su conducta solo iba a servir para entristecer a su madre. Y a su padre. Y a sus amigos.

El consejo que le había dado la mujer mayor había tenido el efecto de hacerla entrar en razón en apenas unos minutos, y le sorprendió la velocidad con que se desprendía de todo deseo de aferrarse a él.

Katsuya no regresaría del hipódromo antes de una o dos horas. Tenía copia de sus llaves y el tiempo suficiente para ir a su apartamento y recoger sus cosas. La noche anterior la habían pasado juntos en casa de ella, algo que no volvería a suceder. Le mandaría por correo todo lo que tuviera allí.

Puede que no estuviera preparada para una ruptura, pero estaba decidida a no dar marcha atrás. Resistiría, costara lo que le costase.

Él no tenía copia de sus llaves. Como era ella quien solía visitarlo, había dejado en su casa muchos objetos personales. Llamaría a sus amigos para que la ayudaran en caso de necesidad. Si hacía falta, podía incluso acudir a la policía.

Tendría que enviarle un último mensaje.

Reflexionó unos instantes y luego escribió: «No puedo más. Adiós».

Lo guardó como borrador para mandarlo cuando estuviera de vuelta en casa y se subió al tren que acababa de entrar en el andén.

Kōtō'en

Con el mensaje bien guardado a modo de arma secreta, Misa se dejó mecer por el traqueteo del tren.

Había muchos asientos libres, pero prefería estar de pie, en consonancia con su estado de ánimo.

«¿Es un cobarde o simplemente un estúpido? ¿No será mejor que le dejes? Solo te va a hacer sufrir».

«En menos de un año —se dijo— me he convertido en algo así como su asistenta. Si se me ocurre irme a vivir con una persona como él, incapaz de controlarse, carente de la menor consideración... Si mi madre llega a enterarse de que salgo con un chico que me pega...».

La cabeza le daba vueltas. El mensaje que había escrito impulsivamente la atormentaba.

Recogería sus cosas en la casa de él antes de que volviera y se iría a la suya, aunque... También era cierto que cuando estaba de buen humor era muy cariñoso y lucía su faceta más encantadora. Además, le gustaba tanto físicamente... Todas sus amigas lo elogiaban cuando les mostraba sus fotos en el móvil: «Tu novio es muy guapo, ¡qué envidia!». Le iba a costar mucho privarse de ese orgullo y del placer que le proporcionaban los halagos.

Al mismo tiempo se reprochaba sus dudas, el hecho de que lastrasen su decisión.

Contemplaba distraída la hilera de casas al otro lado de la ventanilla cuando el tren llegó a la siguiente estación.

Kōtō'en era la estación más próxima a una de las universidades privadas más reputadas de la región de Kansai, y tanto los días laborables como los fines de semana la frecuentaban numerosos estudiantes que iban y venían. Misa se preguntó si las chicas que acababan de subir cargadas con sus palos de lacrosse iban a jugar un partido. Un poco más allá, un chico con vestimenta punk movía la cabeza al ritmo de una música que escapaba de los auriculares.

El prestigio de esa universidad no tenía comparación con la de Misa, que era exclusiva para chicas, ni tampoco con la de Katsuya.

Otro grupo de chicas entró en el vagón, en este caso de instituto, vestidas de uniforme. Seguramente tenían clase a pesar de ser sábado. Se reían sin parar y alborotaban felices, como si el futuro fuese algo muy lejano en lo que no valía la pena pensar.

«Hasta hace poco yo también era así», pensó Misa celosa de su frivolidad y sus estallidos de risas.

La rodearon por completo y ocuparon hasta el último hueco libre.

—El novio de E-chan es demasiado mayor, ¿a que sí? —dijo una.

Misa aguzó el oído, incapaz de precisar qué significaría para ellas «demasiado mayor». La tal E-chan, de aspecto más maduro que las demás, sacudió la mano.

—¡No tanto! Hace solo dos años que terminó la universidad, y por eso trabaja ya. Es mayor que yo, claro, pero solo cinco años.

Al añadir ese «solo» a los cinco años de diferencia de edad quería dar a entender que ella era la mayor del grupo.

—Yo no me imagino saliendo con alguien que ya trabaja. Con un chico que esté un curso o dos por encima..., a lo mejor, pero más que eso...

Otra compañera le dio un codazo antes de intervenir.

—Nosotras acabamos este año y el próximo empezamos la universidad.

—Ya lo sé, pero ¿a ti te parece divertido salir con un chico que ya trabaja?

—A ver, chicas... —dijo E-chan, un tanto perpleja—. Me parece que os estáis montando una película. Uno puede trabajar, pero si se da el caso de que es tonto no por eso deja de serlo. Mi novio pertenece, precisamente, a esa categoría de tontos.

—¡¿Quééé?! —exclamó otra chica sorprendida—. ¿Por qué dices eso? Yo creía que la gente mayor que trabaja ya no entra en esas categorías.

A Misa le sorprendió la extraña idea que se hacía esa chica de la gente mayor, pero no tenía ganas de pararse a darle vueltas al asunto.

—Para nada. Desde luego no es el caso de mi novio. Fíjate, hace poco que vive solo, y va un día y me llama a medianoche y me dice: «¡Socorro!».

—¡Eeeeh! ¿Por qué?

El relato de E-chan tenía en ascuas a sus compañeras, que esperaban intrigadas lo que venía a continuación, igual que la propia Misa.

¿Qué terrible problema podía haber empujado a un hombre adulto a llamar a una estudiante de instituto en plena noche para pedirle auxilio?

—Le pregunté qué le pasaba y resulta que no sabía planchar.

La imaginación de las chicas se había inclinado más bien por alguna especie de crimen, o algo así, y no pudieron contener la carcajada cuando la triste realidad se reveló. Algunos pasajeros las miraban incómodos, pero ellas no se inmutaron, e incluso a Misa le costó trabajo aguantar la risa.

—Era su madre quien planchaba en casa, así que él solo había practicado alguna vez en la clase de labores del hogar del colegio. El caso es que no me decía qué era lo que tenía que planchar con tanta urgencia. Me preguntó por la temperatura de la plancha, por la función del vapor... En fin.

—Increíble.

—Luego le pregunté qué era lo que estaba planchando y resultó que se trataba de una simple camisa. Una camisa, vale, pero ¿de qué tejido? Y va y me dice: «¿Cómo voy a saberlo?». Y cuando le pedí que mirara la etiqueta va y me suelta: «¿Qué etiqueta?».

Una carcajada general volvió a estallar, y en esa ocasión Misa no pudo evitar el temblor en los hombros. Las miradas de los pasajeros se volvieron más severas, pero ella pensó que en lugar de refunfuñar lo mejor era divertirse con la historia.

—No podía enfadarme con él, así que le dije que, en un lateral de la camisa, por dentro, debía de haber un trocito de tela blanca, que lo buscase, y cuando por fin encuentra la etiqueta...

«¿Qué? ¿Entonces qué? ¡Vamos, sigue!», dijo Misa para sus adentros.

E-chan se reservaba una nueva sorpresa.

—Va y me dice que no sabe leer esos ideogramas. ¿Será posible? ¡Un tipo que trabaja para una gran empresa después de haberse licenciado en la universidad y no sabe leer la etiqueta de una camisa!

—¡Menudo zoquete!

El desenfreno inundó el interior del vagón y Misa ya no pudo contener la risa por más tiempo.

—Y...

¿La historia no terminaba ahí?

—Le digo que me describa el ideograma y va y suelta: «Hilo».

—¡Pero eso solo es la primera parte!

—¿Cómo es posible que solamente sea capaz de leer el radical de un ideograma compuesto?

Las chicas debían de estar preparando los exámenes de acceso a la universidad y la conversación se animó con cuestiones gramaticales sin que por ello dejasen de partirse de risa.

—Es tonto, no se lo tengáis en cuenta. Le pregunté qué más decía la etiqueta y contestó: «Luna».

—Hilo y luna... ¡Seda!

—Eso es, pero el muy burro no vio lo que había encima del carácter de «luna», o sea, «boca».*

Cuánta punta se le podía sacar a esa historia, pensaba Misa mientras se tapaba la boca para disimular la risa.

—Bueno, el caso es que consulté un libro de instrucciones y gracias a eso se pudo planchar la camisa de seda. El chico no es tan inútil, ¿no os parece?

Un poco torpe sí era, pensó Misa. ¿Cómo podía alguien entrar en la vida adulta en esas condiciones?

—Al menos le explicarías que es el carácter de «seda».

E-chan asintió.

—«¡¿Seda?!», dijo entre sorprendido y emocionado. ¿A vosotras os parece que era el momento de emocionarse?

—A lo mejor ni siquiera sabe leer el ideograma de «algodón». Seguro que tiene muchas cosas que ocultar.

—Pues, sinceramente, no creo que fuera capaz de explicarme por teléfono cómo se escribe.

---

* El ideograma de «seda» se forma con el radical de «hilo», a la izquierda, seguido del de «luna» con el de «boca» encima.

El comentario tuvo el efecto de reavivar las risotadas.

—No sé si hice bien o no, pero le regañé y le dije que, por mucho que ahora se use el ordenador y nadie escriba a mano, tanta ignorancia iba a terminar por causarle un problema. ¡Qué vergüenza! Deberías repasar los ideogramas, le digo, y él me contesta: «Está bien. Me compraré un libro de ejercicios». Pues ya que te pones deberías presentarte a un examen, le digo yo.

La severidad de E-chan con su novio divertía a Misa, que no podía evitar preguntarse qué clase de adulto se dejaría reprender así por una estudiante de instituto.

—¿Cómo os conocisteis?

—No me preguntes eso.

Las amigas no estaban preparadas para semejante respuesta.

—Nunca nos lo has contado. ¡Vamos, dilo!

—¡Sí, sí, por favor!

Se hizo de rogar un rato, pero al final se rindió con la condición de que no se rieran.

—Fue él quien se me acercó —confesó un poco a regañadientes—. En Tsukaguchi.

—¿En Tsukaguchi? ¿En serio?

Sus amigas mantuvieron la promesa y nadie se rio. Que él hubiera tomado la iniciativa no les planteaba ningún problema, pero que lo hubiese hecho en Tsukaguchi era desconcertante. Se trataba de una estación más o menos grande por donde pasaba también la línea Itami, y estaba justo al lado de un enorme centro comercial lleno de supermercados a donde iban las amas de casa a hacer la compra. Chicas como ellas o de la universidad solo se acercaban por allí en caso de necesidad, porque para sus compras preferían Osaka o Kōbe. Ligar en un sitio tan vulgar era algo rarísimo. Si alguien se te acercaba en Tsukaguchi era para que donases sangre, hacer una encuesta o cosas por el estilo.

—Era el cumpleaños de mi padre y quería comprarle un regalo, por eso fui hasta allí.

—Pues podías haber ido mejor al Muji de Nishi-kita.

Su amiga se refería a la estación de Nishinomiya-kitaguchi, la última de la línea Imazu en la que se encontraban en ese momento.

—¿Y por qué tendría que comprarle a mi padre un regalo en Muji? Es una tienda carísima, y su cumpleaños es en febrero... La ropa de invierno es todavía más cara. Solo tenía un presupuesto de mil yenes.

—En ese caso, mejor Tsukaguchi, desde luego.

Eran implacables en materia de regalos para padres.

—¿A que sí? El caso es que encontré una bufanda por mil yenes. En Muji me habría costado por lo menos tres mil. Me la envolvieron para regalo y volví a la estación, y entonces fue cuando apareció él a mi espalda y me invitó a tomar algo.

A Misa aquella historia de E-chan le recordaba tanto a la suya con Katsuya que prestó más atención aún, asegurándose de que no se percataran de ello.

—Pero al darme la vuelta se dio cuenta de que llevaba uniforme. Enseguida se echó las manos a la cabeza, porque no lo había visto por culpa del abrigo. Me preguntó si invitarme a tomar algo estaría mal visto, pero yo no supe qué contestar.

—En resumen, que desde el primer momento resultó evidente que era bobo —se atrevió a decir una de ellas.

—Al final le dije que la policía no se molestaría en detenerlo solo porque me invitara a tomar algo... Así que se tranquilizó y fuimos a una cafetería.

—Si uno trabaja, tiene dinero y se puede permitir algo mejor que un McDonald's.

Resultaba enternecedora esa idea tan inocente del dinero típica de la época del instituto, cuando para una tarta y un café en cualquier parte difícilmente se gastaban más de mil yenes. Los mismos mil yenes de los que chicas como ellas disponían para comprar un regalo a sus padres.

Quizá empezaban a comprender poco a poco un cierto sentido de la autoridad que ejercen las personas adultas, para quienes no significa nada gastar dinero en una invitación.

—Por cierto —dijo una de ellas bajando la voz.

Misa aguzó el oído.

—¿Lo habéis hecho ya?

No pudo evitar sonreír: era un tema que siempre despertaba curiosidad a esas edades.

—Todavía no —respondió E-chan en tono despreocupado—. Dice que no quiere verse envuelto en un caso de abuso de menores. Está penado por ley.

—Pero si no hay dinero de por medio no pasa nada, ¿no? Otra cosa sería la prostitución.

—Como es bobo, no se entera —sentenció E-chan con cara de pícara—. Solo dice que está deseando que alcance la mayoría de edad lo antes posible.

—Pues que espere sentado.

El mismo comentario se escuchó en boca de todas, y Misa pensó que al novio de esa chica nunca se le habría pasado por la cabeza que iba a convertirse en la comidilla de unas adolescentes en un vagón de tren.

—¿Ni siquiera lo ha intentado?

—No. Si se le ocurre traspasar ese límite, lo dejo.

Esas palabras hicieron mella en Misa, que no pudo evitar llevarse una mano al pecho.

—Sinceramente, me da un poco de miedo. Me gusta mi novio, pero no quiero hacer algo de lo que luego me arrepienta. Él sabe la edad que tengo desde el principio, así que si de verdad me quiere se esperará. Además, este año tenemos el examen de acceso a la universidad.

En el caso de Katsuya y ella...

Misa no pudo evitar pensar en su novio y en sus dudas sobre si dejarlo o continuar.

Si a Misa se le ocurriera decirle que se equivocaba en la lectura de un ideograma, él se pondría de un humor terrible, sin duda, y el asunto acabaría en pelea (con un alto riesgo de recibir un golpe, como ocurría siempre que discutían por algo que él ignoraba). De haberle conocido a la edad de E-chan, ella habría acabado claudicando. Él la habría manipulado con el argumento de que no lo quería.

De hecho, jamás le había negado nada. Hacerlo equivalía a soportar uno de sus enfados o a la amenaza de romper, y por eso ella siempre cedía.

Tenía miedo de que él la acusase de no amarlo.

«¿Has pensado tú en mí en algún momento? —le interrogó para sus adentros—. Nunca te digo que no a nada, pero ¿se te ha ocurrido que a lo mejor no me apetece, que si yo no estoy de acuerdo en algo no se debe hacer?».

Querer a alguien también significa respetar lo que la otra persona no desea.

El amigo de E-chan podía ser un inepto con la plancha a pesar de tener un trabajo decente, era incapaz de leer el ideograma de «seda» aun cuando cualquier estudiante de instituto lo conoce, pero al menos era un buen novio. De eso no cabía duda.

Aquella conversación ajena oída al azar en el tren le había permitido adivinar que los dos jóvenes disfrutaban de su historia de amor.

Sin embargo, Misa, que era mayor que E-chan, se dejaba manipular por su novio solo por su aspecto y por su actitud. Esa chica demostraba más discernimiento que ella misma.

«Te voy a dejar», se repitió con una convicción renovada. Estaba decidida.

Una chica de instituto disfrutaba de un amor mucho más sano que el suyo. Sin embargo, Misa no se había acostumbrado aún a la infelicidad como para llegar al extremo de sentir envidia y, por tanto, eso significaba que no había perdido del todo su orgullo.

Mondo Yakujin

La estación de Mondo Yakujin, penúltima de la línea, es la más próxima al templo del mismo nombre. Cerca de fin de año aumenta considerablemente la frecuencia de trenes para dar servicio a la enorme cantidad de visitantes que acuden a la zona, y el día 31 de diciembre, en concreto, funciona las veinticuatro horas. La población local respeta y cuida ese lugar al que llaman Yakujin-san o monte Yakujin, y quizá por eso, a pesar de estar en el centro de la ciudad, aún sigue rodeado de campo y conserva el sabor del Japón de otro tiempo. Eso, al menos, le contó un amigo a Keichi recientemente.

«Y yo ni siquiera me he molestado en ir a pesar de lo cerca que está de la universidad», se reprochó a sí mismo. De todos modos, no le dio tiempo a pensar más en ello, porque las adolescentes que había en el vagón hacían mucho ruido. Algunos pasajeros les lanzaban miradas iracundas sin molestarse en disimular, pero él no solía irritarse por tan poca cosa y el alboroto no le supuso un problema. No obstante, aquel bullicio lograba traspasar de vez en cuando la barrera de los auriculares hasta alcanzar sus oídos. Comprendía que a algunas personas les resultase desagradable y se enfadaran.

Era su primer año de universidad y todavía simpatizaba con la gente joven como él que se divertía y lo pasaba en grande con sus amigos.

Cuando el tren se detuvo por fin en la estación, el revuelo había alcanzado tal paroxismo que se había convertido en algo realmente molesto. Como todos los sábados, mucha gente subía y bajaba para visitar el templo.

Para zafarse de la presión de los viajeros, una chica de pelo corto que se apoyaba en la puerta se movió un poco y chocó sin querer con Keichi. Cuando lo miró con intención de excusarse, él pensó que se asustaría de su atuendo de inspiración punk.

Asomando del bolso que la chica sujetaba entre los brazos vio un libro idéntico al que él llevaba en su mochila. Era el manual de una de las asignaturas obligatorias del primer curso de la carrera. Lo había escrito el profesor que la impartía, y su precio había hecho que se extendiera el rumor de que el negocio le reportaba unos ingresos considerables.

Al tratarse de una asignatura obligatoria, los estudiantes debían comprar el libro si querían aprobarla, una obligación que despertaba en ellos un sentimiento de desprecio.

El famoso libro, en el peor sentido del término, le puso sobre la pista de que la chica estaba en su mismo curso, pero, como eran muchos alumnos, su cara no le sonaba de nada. Vestía un pantalón muy sencillo y su estilo no llamaba demasiado la atención. Él solo se fijaba en chicas que le hacían pensar en el vuelo de las mariposas en el más amplio sentido poético.

Los viajeros avanzaron hacia el fondo del vagón y el espacio junto a las puertas se despejó un poco. Ella aprovechó enseguida para apartarse de Keichi y él se preguntó un tanto ofendido si le inquietaría su aspecto. La chica miraba por la ventana. Tenía las rodillas ligeramente dobladas.

¿Habría algo interesante ahí fuera? Como sentía cierta afinidad con ella por el hecho de tener el mismo libro, Keichi, que era alto, se agachó para mirar también por la ventana.

Sorprendida, ella se volvió hacia él. Era lógico que se asustara al notar que una persona más alta se asomaba de repente por encima de su cabeza. Keichi se encogió de hombros y le pidió disculpas.

—Lo siento. Pensaba que había algo interesante.

Como ella lo miraba con desconfianza, Keichi sacó su libro de la mochila y se lo mostró. No hizo falta explicar nada más. El recelo desapareció de inmediato para dar paso a la sonrisa característica de una persona tímida. Era la primera vez que se alegraba de tener ese libro comprado a regañadientes.

Ella se hizo a un lado para dejarle hueco junto a la ventanilla y señaló hacia el cielo con el dedo.

—Creo que ahí fuera pasa algo.

En su voz no había rastro del típico acento de Kansai al que ya estaba habituado, sino más bien un cierto deje de Kyushu. Ella no era de la zona, y Keichi se preguntó si se habría dado cuenta de que él era de Hiroshima.

Miró en la dirección que señalaba y vio cinco helicópteros que volaban en formación en el cielo de principios de verano.

—¡Ah, eso! —dijo él casi como si fuera un acto reflejo—. Son helicópteros de transporte de las Fuerzas de Autodefensa. Si fueran civiles, como los de la televisión, no mantendrían una formación tan perfecta. ¿Ves?, vuelan a la misma altura. Es como si estuvieran apoyados en una tabla o algo así, y la distancia entre ellos no varía. En Itami hay una base y suelen pasar por aquí. A lo mejor es un vuelo de entrenamiento.

De pronto se dio cuenta de que la chica lo miraba con unos ojos como platos.

«¡Maldita sea! —se reprochó—, ya he vuelto a hablar demasiado». Su imprudencia le trajo malos recuerdos. Antes de matricularse en la universidad, las chicas del instituto se reían de él y lo llamaban el «friki de los militares». A los chicos del club de música al que pertenecía les iba bien con ellas, pero a él desde luego no. A veces se le acercaban para preguntarle algo relacionado con las armas o el ejército, y como el asunto le apasionaba contestaba entusiasmado, pero solo lo hacían para reírse de él.

Le dolió mucho cuando un amigo se lo contó al ver que él no se percataba. Le confesó que una de las chicas había dicho que de no ser tan raro no estaría mal. Hasta el día de hoy, recordarlo le provocaba una punzada de amargura.

Por eso, en cuanto puso un pie en la universidad, Keichi se prometió a sí mismo que se libraría de esa etiqueta y se daría la oportunidad de empezar de cero.

—¡Estoy impresionada! —dijo la chica.

Parecía sincera, aunque le costaba creerla en medio de tan amargos recuerdos.

—Gracias, pero seguro que piensas que soy un friki de los militares.

—¿Un friki de los militares? ¿Y eso qué es?

Keichi no supo qué contestar. Su sinceridad lo desarmaba.

—Pues... un tipo que lo sabe todo sobre armas y sobre el ejército. Como los aficionados a los trenes, algo así.

—¡Ah, ya! Eso de los trenes me suena. Es verdad, hay gente que lo sabe todo, modelos, sistemas... Incluso pueden recitar de memoria los horarios o dedicarse a hacer fotos en las vías pertrechados de cámaras increíbles.

Keichi quería explicarle que él nunca había llegado al extremo de usar cámaras de fotos y teleobjetivos, aunque lo más probable era que a ella le diera igual.

—¿Reconoces desde aquí el tipo de helicóptero?

—Desde esta distancia no, pero imagino que se trata de un UH-1J...

—¡¿UH-1J?! ¿Conoces el modelo? ¡Es increíble! —exclamó ella mientras doblaba las rodillas para seguir su vuelo antes de que desaparecieran en el horizonte—. O sea, hoy he visto algo extraordinario.

Parecía tan sincera que Keichi se relajó y sus últimas dudas se disiparon.

—¿Te interesan esas cosas? —preguntó.

Por mucho que estudiasen en la misma universidad y tuvieran la misma edad, no se podía creer que estuviera hablando con una chica con semejante naturalidad.

—Pues... —Ella ladeó ligeramente la cabeza, como si dudara.

Para entonces los helicópteros ya habían desaparecido de la vista.

—Me gusta descubrir cosas nuevas —dijo al fin—. Siempre que cojo el tren busco un sitio desde donde pueda mirar la calle. Suelo quedarme de pie junto a la puerta porque las ventanas son más grandes.

Por eso, cuando la gente había entrado en tropel en la estación de Mondo Yakujin, ella no se había dejado arrastrar hacia el fondo y había terminado por chocar con él. Era una chica más bien menuda, así que no molestaba especialmente a nadie si se hacía a un lado.

—Solo había visto helicópteros como esos en la tele. No pensaba que se pudieran ver en el centro de la ciudad y menos aún volando en formación. Es lo más interesante que me ha pasado hoy.

—¿Puedo preguntarte cómo te llamas?

Ella reaccionó con timidez. Indecisa, se limitó a asentir con un gesto seco de la cabeza. Al parecer, tampoco estaba acostumbrada a tratar con chicos.

—Yo me llamo Keichi Kosaka —dijo él.

Pero la chica, con gesto serio, guardaba silencio. Keichi se preguntó si la habría malinterpretado al creer que ella también estaba disfrutando de la conversación. Tal vez se limitaba a ser cortés.

—Perdona, ¿te he molestado?

En ese momento ella metió la mano en el bolso y sacó su carnet de la universidad.

«Gondawara Miho», leyó él.

Tuvo que hacer un esfuerzo para contener la risa. No quería ofenderla, pero aquel nombre tan raro debía de haberle supuesto el mismo trauma que a él que lo llamaran friki.

—Es un nombre muy varonil. Suena a samurái de alto rango de la era Sengoku* —dijo al fin sin estar seguro del todo de si el comentario era apropiado o no.

—Siempre se han burlado de mi nombre, desde pequeña. En la universidad todos me llaman Gon-chan,** y cuando me toca presentarme todo el mundo se ríe.

Las risas, obviamente, no eran malintencionadas (como tampoco lo era la de Keichi), pero seguro que ella sufría, aunque no dijera nada.

—Preferiría que me llamasen Miharu, la verdad, por mi nombre completo, pero no hay nada que hacer —se lamentó mientras guardaba el carnet de estudiante.

Para aliviar la tensión, Keichi decidió compartir con ella una confesión.

—Yo también imaginaba que las cosas serían de otro modo en la universidad. En el instituto las chicas me menospreciaban por friki. Me hubiera gustado tener una novia y no hablarle nunca del ejército, pero da igual porque al final siempre se sabe todo.

* 1467-1568.
** Como el protagonista de la serie de manga *Hunter x Hunter*.

—Yo no pienso decírselo a nadie. Puedes estar tranquilo.

Keichi se daba cuenta de que ella seguía manteniendo una educada distancia.

—No sé si soy un friki o no, pero el caso es que cuando me preguntan por algo que me gusta hablo más de la cuenta. Procuro disimular, pero al final siempre me descubren.

—En mi caso es imposible que no me descubran... —Apretó los labios con resignación y a Keichi le resultó encantadora—. Solo podré cambiar de apellido cuando me case.

—Es cierto. Tu caso no tiene nada que ver con el mío. Lo siento.

—No hay nada que sentir. Igual me has malinterpretado. Lo siento yo también.

Se hizo el silencio entre ellos hasta que Keichi retomó el hilo de la conversación.

—¿Has visto algo especial hoy, además de los helicópteros?

—¡Sí! ¡Tres galgos rusos! —respondió ella de inmediato—. Los vi esta mañana en el tren cuando iba a clase. Eran de una pareja mayor.

Si cogía el tren por la mañana temprano, eso significaba que tenía clase los sábados a primera hora. No había ninguna asignatura obligatoria a esa hora, de manera que debía de tratarse de una de las optativas. Tenía pinta de ser una estudiante seria, no como Keichi, que asistía a la clase obligatoria de ese malvado profesor a segunda hora como si se tratase de una penitencia.

—Los galgos rusos son perros altos y peludos, ¿verdad?

—Sí. Ver uno es casi imposible, ¡pero tres! Eran muy elegantes.

Keichi sabía que era una raza muy cara; si ese matrimonio tenía tres, nada menos, quería decir que eran ricos. Pero se guardó esa observación para no quedar como un materialista ante la chica, y sobre todo porque no quería decir nada que enfriase su entusiasmo.

—La línea Imazu está muy bien, al menos la parte que yo conozco. Un día me gustaría llegar hasta la última estación.

—¿No te gusta después de pasar Nishi-kita?

La línea Imazu, en efecto, tenía una configuración un tanto peculiar. No se podía recorrer entera en un mismo tren, y para llegar a Imazu, de hecho, era necesario hacer transbordo en Nishinomiya-kitaguchi, donde acababa la vía, y subir a la segunda planta de la estación para tomar otro tren. Keichi no había recorrido nunca ese tramo.

—No. No es eso. Vivo con mis tíos cerca de la estación de Hanshin Kokudō. Resulta muy práctico, porque desde ahí puedo tomar las líneas de JR, y, si voy hasta Imazu, una correspondencia con la línea Hanshin. Además, cerca de la estación hay una zona comercial que tiene de todo. Lo que pasa es que a partir de Nishi-kita el tren circula por una vía elevada y ya no se ve tan bien la calle como al nivel del suelo.

Keichi asentía a medida que escuchaba sus explicaciones, pero aún la notaba un poco seria y se lo comentó. Ella se puso colorada.

—Lo siento. No suelo hablar con chicos porque siempre se burlan de mi nombre, y menos aún con uno tan guapo como tú.

«¡¿Tan guapo?!».

—Eres la primera persona que me dice eso. Después de primaria siempre me han llamado friki y nunca he tenido novia.

—¿Qué significa eso, que tengo un gusto extraño?

—¡No, no! Al contrario... Te lo agradezco.

—La verdad es que yo tampoco he tenido nunca novio.

«Es divertida, es guapa. Parece que nos caemos bien...».

Keichi se había quitado los auriculares para colgárselos del cuello. La conversación con Gon-chan era más agradable que la música.

—No eres de Kansai, ¿verdad? Yo soy de Nagasaki, ¿y tú?

Era la primera pregunta personal que ella le hacía. Keichi pensó que tal vez podía interpretarlo como una señal de que ella también estaba a gusto.

—Soy de Hiroshima. Tengo una habitación alquilada a unos minutos en bici de la estación de Nishinomiya-kitaguchi.

Se preguntó si no le estaría dando demasiada información, pero ella misma le había explicado dónde vivía un minuto antes.

—¿De veras? ¿No son muy caros los alquileres por allí?

—No tuve tiempo de buscar en otra parte. Mi cuarto está a diez minutos en bici de la estación, en dirección al río Mukogawa. Esa zona es un poco más barata.

El río Mukogawa era el primero que cruzaba el tren en dirección a Umeda desde Nishinomiya-kitaguchi. No era la zona mejor comunicada para vivir, pero a un estudiante de provincias acostumbrado a moverse en bici por todas partes no le suponía un problema.

—Lo tengo todo más o menos cerca —añadió.

También ella debía de estar acostumbrada a desplazarse en bici.

—Hay un súper al lado de la estación y otro cerca de casa.

—¿Cocinas?

—Sí. No soy tan rico como para comprar comida preparada todos los días. ¿Has visto esas revistas de cocina que dan gratis en los supermercados? Ahí encuentro ideas para hacer platos baratos y cosas así. Lo que no tengo tan claro es si cocino bien.

—En mi casa es mi tía quien se encarga de la alimentación.

El tren cruzó un paso a nivel justo antes de entrar en la estación. Como las puertas se abrían a ambos lados, los pasajeros se dividieron en dos.

Keichi pensó que le habría gustado seguir charlando con ella mientras trataba de protegerla como podía de la presión de la gente.

El tren había llegado al término de la línea Imazu, que en realidad no lo era.

Nishinomiya-kitaguchi

La estación es un importante nudo ferroviario de la compañía Hankyū.

Cuenta con cuatro andenes, por donde pasan trenes en dirección a Sannomiya, es decir, el centro de la ciudad de Kōbe; Umeda, en el corazón de Osaka; Hanshin Kokudō, e Imazu, el auténtico término de la línea del mismo nombre en cuyo extremo opuesto, al norte, se encuentra Takarazuka. En cuanto bajan del tren, los viajeros deben subir al vestíbulo para acceder a la salida si no van a continuar su trayecto o bien cambiar de línea en dirección a Umeda. En la estación de Jūsō tienen correspondencias hacia Kioto y otros destinos situados al norte de la aglomeración urbana de Kōbe-Osaka.

El vestíbulo de la estación, por tanto, se convierte a diario en una verdadera encrucijada que recorren incesantemente multitud de personas solas, parejas, grupos de amigos, familias... camino del trabajo o el esparcimiento.

Solo cada cual conoce en realidad el motivo de su paso por allí.

Shōko no tenía prisa, pero, tan pronto como el tren se detuvo en el andén y las puertas se abrieron, salió despedida debido al empuje del resto de los pasajeros.

Se dirigía a las escaleras que conducían al vestíbulo de la primera planta cuando sintió un fuerte golpe en la espalda. Como todavía iba subida en los tacones de sus zapatos de fiesta, perdió el equilibrio y cayó al suelo. En ese mismo instante oyó que algo se rompía dentro de la bolsa de regalos de la boda, que llevaba bien agarrada en la mano para no perderla.

—¿No podría tener más cuidado? —gritó, incapaz de incorporarse de inmediato.

—Lo siento —se excusó un hombre vestido de traje que ni siquiera se tomó la molestia de ayudarla.

No solo eso. En lugar de detenerse y mostrar un mínimo de cortesía, apretó el paso y siguió dando golpes a diestro y siniestro sin inmutarse por los gritos de protesta.

—¡Será posible! —Shōko estaba indignada.

La gente pasaba a su alrededor y nadie se paraba a echarle una mano.

«¡Es el colmo! —pensó—. Lo único que me faltaba el día que se casa el novio que me han robado». El paseo por los alrededores de la estación de Obayashi había logrado calmarla un poco, pero por lo visto solo había sido una ilusión. Puede que fuera un castigo por su venganza. Aunque no entendía por qué le caía a ella encima y no a la traidora y a ese hombre que se había dejado engañar.

Se levantó despacio y comprobó que se había magullado las rodillas. No tardaría en salirle un moratón.

—¿Se encuentra bien? ¡Menudo maleducado!

Cuando terminó de ponerse en pie, alguien le alcanzó la bolsa. Enseguida reconoció al grupo de chicas de instituto que alborotaban en el vagón un rato antes en medio de la reprobación general.

—¿Qué clase de hombre tira al suelo a una mujer y sale corriendo sin más?

Una de las chicas miró en la dirección por donde había desaparecido el sujeto y sacó la lengua.

Ninguno de los respetables pasajeros a los que tanto había molestado el griterío de las adolescentes se había tomado la molestia de pararse siquiera a preguntar si se encontraba bien. Solo ellas habían tenido el detalle de hacerlo.

No dejaba de ser irónico que aquellas personas respetables, aquellos adultos tan circunspectos que habían mirado con malos ojos la actitud de las chicas, mostraran después semejante indiferencia.

—Me parece que se ha roto algo —dijo la chica que le tendía la bolsa, al tiempo que la sacudía ligeramente.

—¿Quiere que avisemos a un empleado de la estación?

—No, gracias, no es necesario —respondió Shōko con una sonrisa en los labios—. Estoy bien. Gracias por ayudarme.

Apenas quedaba gente en el andén, y las chicas también debían continuar su camino.

Se despidieron de ella con una pequeña reverencia de cortesía y se marcharon. Shōko se apoyó en una valla para comprobar el contenido de la bolsa.

Sacó una pesada caja con el nombre de los contrayentes impreso en el envoltorio. En su interior había un juego de vasos decorados con una cenefa que, a su parecer, reflejaba a la perfección el carácter de la mujer que le había robado el novio: un diseño audaz y evocador que no coincidía en absoluto con su propio gusto.

Recordó cómo su novio, mientras hacían los preparativos y ojeaban juntos los catálogos de las listas de boda, tachaba de ridículos aquellos regalos y se preguntaba a quién se le ocurriría comprar esas cosas. ¿En qué momento le había cambiado el gusto?

De los cinco vasos, cuatro se habían roto. Ya no tenía el menor sentido llevárselos a casa. Los envolvió en papel y los dejó en un contenedor de vidrio que había cerca. Luego tiró la caja y la bolsa de papel a una papelera.

Finalmente, todo lo relacionado con la boda —desde el vestido de la venganza hasta los obsequios— había terminado por desaparecer.

Estaba alterada.

—Me voy a casa —dijo en voz alta mientras echaba a caminar por el andén desierto.

Tenía las piernas cansadas por culpa de los tacones, pero al mismo tiempo se sentía ligera. Lo mejor era marcharse de allí lo antes posible, aprovechar esa sensación tal vez fugaz. Aún faltaba un buen trecho hasta su casa y la estación de Ibaraki.

Subió al vestíbulo.

«Si ya he decidido dejarlo, no debo perder ni un minuto».

Las bromas de E-chan y sus compañeras de instituto en el vagón habían terminado por disipar las dudas de Misa respecto a la ruptura con su novio, hasta tal punto que, mientras caminaba, ya no se apreciaba en sus pasos ni rastro de vacilación.

Se deslizó hábilmente entre el gentío hasta alcanzar las escaleras que daban acceso al vestíbulo.

Las carreras en el hipódromo, adonde Katsuya se había largado tranquilamente después de abandonarla tras caerse en Nigawa, acabarían pronto, de manera que no tenía tanto margen de tiempo.

Debía recoger todas sus cosas antes de que él volviera.

El apartamento de Katsuya estaba cerca de la estación de Rokkō, a cinco paradas de Nishinomiya-kitaguchi.

«Tengo que recoger el pijama, las cosas del baño, los cacharros de cocina que he comprado yo y la ropa. No me va a caber todo en el bolso, así que voy a tener que comprar en el súper una de esas bolsas reutilizables».

—¡Eh, tú, cuidado! —escuchó de repente.

«¿Qué pasa?», se preguntó. Se dio media vuelta y vio a un tipo vestido de traje que se abría paso entre la gente dando codazos a todo el mundo. Gracias a la advertencia, ella tuvo tiempo de esquivarlo.

Una vez en la escalera volvió a acordarse de E-chan y su grupo de amigas y miró hacia atrás para comprobar si la seguían, pero solo vio ya a desconocidos que por pura casualidad habían subido al mismo vagón que ella. Sin embargo, esa chica y su divertida «historia de amor» la habían ayudado a tomar la decisión de abandonar a ese «cobarde», como lo había llamado la mujer mayor. Así que le dio pena perderlas de vista entre la multitud.

En ese mismo instante reconoció sus voces a lo lejos. Subían las escaleras muy animadas y en apenas un segundo la adelantaron.

—¿Cuál vas a pedir? —preguntó una.

—El de tres sabores, por supuesto. Está a mitad de precio.

—¿Pero no estabas a dieta?

—Pues empiezo mañana.

Misa supuso que se dirigían a la heladería que había en el centro comercial cerca de la estación. Le tentó la idea de aprovecharse de la oferta, pero no era el momento ni el día oportuno. Demasiado arriesgado.

Si llegaba a cruzarse con Katsuya a su regreso de las carreras de caballos, la escena sería terrible.

—¿Qué le vas a regalar a tu novio por su cumpleaños? —le preguntó otra chica a E-chan.

—Pensaba ir a Muji después de tomarme el helado.

—¿Cuánto te piensas gastar?

—¡Tres mil yenes!

El triple de lo que le había costado el regalo de su padre, y, por si eso no bastara, tenía intención de comprarlo en la tienda de la que había renegado un rato antes.

Misa había visto hacía poco en la tele un programa en el que hablaban de la paga que recibían los adolescentes. Rondaba los cinco mil yenes, y, si ese era su caso, tanto si llevaba meses ahorrando como si lo había restado de la última paga, significaba que quería mucho a ese novio «bobo» del que se burlaba.

«Yo también —se dijo a sí misma mientras desaparecían una tras otra por la salida—. Yo también voy a encontrar un novio con quien pueda comportarme como realmente soy. Un novio que no se enfade cuando le hable de cosas que no conoce y que no me dé miedo».

«Gracias, E-chan».

Misa bajó las escaleras que conducían al andén donde estacionaba el tren con destino a Kōbe.

Las puertas de la derecha del tren que acababa de llegar a la estación de Nishinomiya-kitaguchi se abrieron antes que las de la izquierda. Los pasajeros que esperaban para subir hacían cola ordenadamente en el andén de la izquierda.

Keichi y Gon-chan, que habían hecho todo el viaje de pie junto a la puerta, esperaban a que se abrieran para salir.

Fueron los primeros en abandonar el vagón, propulsados por la masa mientras él se esforzaba por protegerla.

—Vives cerca de la estación de Hanshin Kokudō, ¿verdad? —le preguntó a la chica.

—Sí. ¿Tú te quedas aquí?

Keichi asintió sin poder evitar la tristeza de despedirse de ella. Le hubiera gustado hablar más tiempo con esa chica tan guapa y simpática.

Estudiaban en la misma universidad, cierto, pero confiar al azar un posible encuentro en un campus tan grande como el suyo era demasiado arriesgado. Lo único que sabía de ella, en realidad, era que compartían la misma asignatura obligatoria de primer curso, pero él sería incapaz de dirigirle la palabra si se cruzaba con ella porque era demasiado tímido. Tenía que aprovechar la ocasión.

—¡Escucha, Miho-chan! —dijo cambiándole el nombre a propósito.

Decidió apostar a todo o nada, y por eso se decidió a llamarla como a él le gustaba. Tal como había imaginado, ella lo miró sorprendida, con los ojos muy abiertos.

—¿No decías que te gustaría que te llamasen así? —continuó—. ¿Te molesta?

Gon-chan, o sea Miho-chan, negó con la cabeza.

—No, no me molesta. Me gusta, de hecho. Solo que me ha dado un poco de vergüenza oírlo así, de repente.

El asunto tenía su miga, pensó Keichi. No dudó de su sinceridad e hizo acopio de coraje para continuar.

—Si tu abono sirve hasta Hanshin Kokudō, ¿por qué no te bajas aquí si tienes tiempo? Hay una cosa curiosa que me gustaría enseñarte.

—¡Claro que tengo tiempo!

Keichi no sabía si aceptaba por curiosidad o porque también ella tenía ganas de prolongar el encuentro. Ojalá se tratase de esa segunda razón.

Tenía intención de invitarla a tomar un café y confiaba en que terminaran intercambiando sus números de teléfono, y sin dejar de darle vueltas a la idea se esforzó por acompasar sus pasos a los de ella.

Cuando atravesaban la pasarela cubierta que iba de la estación al centro comercial, Keichi señaló con el dedo un edificio blanco de aspecto corriente. Miho-chan se inclinó ligeramente hacia delante para mirar en la dirección que señalaba.

—¡Guau!

—¿A que no te lo esperabas?

En la última planta del edificio había un *torii** de color rojo intenso.

—¿Qué hace eso ahí? ¿Hay un jardín o algo así?

—Desde aquí solo se ve la valla. No sé si hay un jardín, pero en ese caso debería verse alguna planta, ¿no?

—A lo mejor el dueño del edificio es muy devoto, o puede que en ese terreno hubiera antes un santuario y hayan decidido colocar el *torii* en lo alto... Es muy raro, la verdad. Me pica la curiosidad.

Miho-chan parecía realmente intrigada.

—¿Por qué no preguntamos? —le dijo a Keichi—. Está muy cerca.

—¡Vaya! Qué osada eres.

Ella bajó la cabeza, cohibida.

—Si estuviera sola no me atrevería —replicó—, pero contigo sí.

—¿Eso significa que cuentas conmigo?

Miho-chan volvió a inclinar la cabeza, en esta ocasión a modo de disculpa.

—Bueno, podríamos ir otro día, si te apetece.

A Keichi le hacía gracia su actitud.

* Puerta que se erige a la entrada de los santuarios sintoístas.

—¿Sabes?, soy un poco tímido y no demasiado atrevido, pero no me importaría acompañarte.

—Está bien. Con eso me basta. Ya preguntaré yo.

—Hecho. Iremos en algún momento.

El momento, por supuesto, lo decidiría Miho-chan.

—Entonces ¿cuál dirías ahora que ha sido lo más especial del día?

Era una pregunta inocente, sin segundas intenciones, pero ella dudó un segundo antes de responder.

—No lo sé... No sé si decidirme por los helicópteros o por ese *torii*. Hum...

Parecía que le costaba elegir.

—No lo sé —dijo al fin—. Me quedo con las dos cosas.

—En tal caso me merezco un premio por haberte mostrado la segunda.

Enmudeció de repente al darse cuenta de que jamás le había dicho algo así a una chica, pero no era el momento de quedarse sin palabras, de modo que se sobrepuso.

—¿Por qué no nos damos los números de teléfono?

Miho-chan se sonrojó de inmediato y trató de ocultarlo cubriéndose las mejillas con las manos.

—¡Ay, lo siento! Es que no estoy acostumbrada a esto. Sé que no tiene importancia, pero me pongo nerviosa. Lo que quieres decir es que seamos amigos, ¿no? Me parece bien.

«¡Vamos, esfuérzate! Esfuérzate un poco más —se dijo Keichi—. Tienes que estar a la altura».

—En realidad, no solo amigos... Eso me gustaría más.

Miho-chan se quedó pasmada.

—¡¿Qué?!... Perdona, pero ¿qué quieres decir?

—Si quisieras salir conmigo..., eso sería lo más especial de hoy para mí.

—¿Sabes?, es la primera vez que alguien me pide el teléfono.

—Será porque no te conocen. Seguro que cuando estás con gente te pones nerviosa y ni siquiera abres la boca.

Keichi hablaba por experiencia propia, porque eso mismo le ocurría a él cuando se reunía con amigos.

—Ninguno de los dos ha salido con nadie hasta ahora, tenemos eso en común. Somos nuevos en este terreno y ambos lo sabemos.

Roja como un tomate, Miho-chan no lograba articular palabra. Tras varios intentos agachó la cabeza y alcanzó a decir:

—Me encantaría.

—A mí también me encantaría —repitió Keichi.

Algo acababa de empezar entre ellos, aunque no supieran exactamente qué.

—¿Por qué no nos sentamos en alguna parte y nos pasamos los teléfonos?

—¡Ah! —exclamó ella con un tono de voz completamente distinto—. Mi tía me ha dicho que en este centro comercial hay un sitio donde hacen *takoyaki** buenísimos.

Keichi no pudo contener la risa. Miho-chan tenía la cara tan roja como un pulpo cocido y quería comerse uno igual de rojo que ella.

—¿No te apetece? Mi tía dice que si no hay mucha gente puedes sentarte allí todo el tiempo que quieras, y el agua es gratis.

Era una información más propia de un ama de casa que de una chica joven, pero Keichi pensó que le iba a la perfección.

—Además, ya que ahora vivo en Kansai me gustaría probar los famosos *takoyaki* —insistió—. En fin, quizás, no es la mejor idea para una primera cita.

---

* Especie de buñuelos rellenos de trocitos de pulpo típicos de la región de Kansai.

—No pasa nada, no te preocupes. Yo tampoco los he probado desde que estoy aquí.

La primera cita de un pulpo dispuesto a comerse a otro estaba llamada a convertirse en un recuerdo inolvidable.

El tren que había partido de la estación de Takarazuka con destino a Nishinomiya-kitaguchi, del que habían subido y bajado cientos de viajeros, volvió a admitirlos en su interior en el viaje de regreso.

La señal acústica que anunciaba la salida no tardó en sonar. Los pasajeros que continuaban en el andén se apresuraron y las puertas se cerraron en cuanto los más rezagados saltaron dentro a toda velocidad.

El tren se puso en marcha.

¿Qué clase de historias atesoraba cada una de las personas que viajaba en él? Solo ellas podían saberlo.

El tren aceleró cargado con esa colección de historias y se deslizó sobre unas vías cuyo recorrido no era infinito.

VUELTA

Nishinomiya-kitaguchi
(dirección Takarazuka)

Hay dos momentos concretos en los que la línea Imazu registra su máxima ocupación: por la mañana temprano y a última hora de la tarde, cuando trabajadores y estudiantes inician la jornada o regresan a sus domicilios.

Por la mañana, los trenes en dirección a Nishinomiya-kitaguchi van abarrotados. Por la tarde sucede lo contrario. Los fines de semana, los últimos trenes suelen ir tan llenos como a diario.

Pero el sábado a mediodía, una vez terminadas las clases de la universidad, Misa no creía que el tren en dirección a Takarazuka fuera a ir lleno.

Como acababa de detenerse, aún había plazas libres. Ella elegía siempre un sitio al lado de la puerta, el lugar más despejado de todos. Quizá era la preferencia de todo el mundo para evitar sentarse entre desconocidos, ya que los asientos estaban dispuestos longitudinalmente a lo largo de las ventanas para dejar un espacio intermedio lo bastante amplio que pudiese dar cabida a la gente que viajaba de pie. En el segundo vagón vio un hueco libre y no lo dudó. Luego fueron llegando otros pasajeros que ocuparon sucesivamente los asientos junto a las puertas. Entonces escuchó una voz de mujer: «¡Señora Itō, señora Itō! ¡Aquí hay sitios libres!». Era una voz atiplada que no pasaba desapercibida, y, al mirar en su dirección, Misa vio a una mujer de unos cuarenta años con un llamativo vestido de volantes seguida de otras cuatro o cinco vestidas de la misma guisa. Como era pleno invierno, se protegían del frío con abrigos de piel sintética.

Todas llevaban los clásicos bolsos de marca que solían codiciar las universitarias.

La tal señora Itō, que estaba buscando asiento en el vagón de al lado, se apresuró a volver en cuanto oyó a su amiga. Las demás ya habían ocupado sus sitios.

«Tal vez no debería haberme puesto aquí —pensó Misa—. Parecen muy escandalosas».

Entretanto, una joven se acercó para sentarse justo a su lado. Era de una belleza irresistible. Vestía un traje de chaqueta y tenía todo el aspecto de ser una profesional seria y responsable.

Pero cuando estaba a punto de tomar asiento ocurrió algo increíble.

¡Zaaas!

La mujer que unos instantes antes llamaba a su amiga Itō lanzó su bolso de marca justo al asiento que se disponía a ocupar la joven. Misa, confundida, no supo qué ocurría, y la joven, por su parte, se quedó petrificada sin poder apartar los ojos del bolso.

«¿Qué demonios ha sido eso?», se preguntó Misa. Las señoras se echaron a reír.

—Pero ¿qué haces? —se carcajeó una.

—¡No me lo puedo creer! —dijo otra.

Sus risas y comentarios denotaban que no eran en absoluto conscientes de estar haciendo algo reprobable.

Misa comprendió al fin que habían arrojado el bolso para reservar el asiento a la señora Itō adelantándose a la joven.

—¡Rápido, rápido! Te hemos guardado un sitio —gritó otra de las amigas.

La señora Itō llegó junto a ellas por fin. Iba vestida como las demás: con florituras y bolso de marca. Lo único diferente era el abrigo de paño beis.

«¡Menudas maleducadas!», se dijo Misa.

Estuvo a punto de protestar en voz alta, pero la elegante joven la detuvo con un gesto de la mano mientras susurraba en tono irónico:

—Grandes marcas, pobres modales.

Sorprendida, Misa se limitó a asentir con una inclinación de cabeza. La joven echó a andar hacia el siguiente vagón en busca de un sitio libre.

La señora Itō, satisfecha, le devolvió el bolso a su amiga y le dio las gracias.

«Haría mejor en agradecérselo a la mujer que acaba de marcharse», le reprochó Misa para sus adentros mirándola con expresión severa. Luego decidió leer un poco para tratar de calmarse.

Pero, cuando la dueña del bolso respondió «de nada» a la señora Itō, Misa ya no pudo contenerse.

—Es increíble que personas adultas se comporten de ese modo —susurró, pero en voz tan baja que las otras mujeres no la oyeron y su vecina de asiento apenas entendió lo que decía.

Aun así, Misa se dijo que si a la señora Itō se le ocurría decir algo estaba dispuesta a entrar en combate, pero la mujer se limitó a mirarla sin rechistar.

Sus amigas, sentadas enfrente, hablaban del restaurante de Takarazuka donde iban a comer. Era un lugar famoso y bastante caro; si se podían permitir comer allí un sábado era porque el dinero no representaba un problema para ellas.

Misa pensó que nunca se habían cruzado con un hombre de verdad que supiera ponerlas en su lugar.

Misa solía coger el tren cuando estudiaba secundaria y aún vivía con sus padres. En aquellos días había tanta gente en el trayecto de ida que era imposible sentarse, pero a la vuelta, y dependiendo de la hora que fuera, podía ir sentada con su amiga Mayumi, que se bajaba en la misma parada.

Si le tocaba quedarse a limpiar la clase se le pasaba la hora y ya no encontraba asientos libres.

Pero, si llegaba a la estación nada más salir de clase, tenía más posibilidades de subir a un tren medio vacío, aunque un rato después resultaba casi imposible encontrar sitio, porque en la estación anterior habían subido un montón de estudiantes de instituto.

Al principio, Mayumi y ella se resignaron a perder el asiento si a alguna de las dos le tocaba hacerse cargo de la limpieza, pero no tardaron en darse cuenta de que una de ellas, la que estuviera libre, podía guardarle el sitio a la otra, porque el tren hacía una parada larga en la estación.

La que salía más tarde llegaba al andén justo antes de la salida, mientras la otra la esperaba en el vagón más próximo a la entrada. Y, una vez que descubrieron el truco, viajaron siempre sentadas. Dejaban la mochila en el asiento de al lado y aguardaban con la espalda muy recta apoyada contra el respaldo. De vez en cuando volvían la cabeza hacia la puerta para hacer creer que la persona a la que esperaban llegaba en ese momento.

Pero algunos pasajeros se percataron de la estratagema. Y un día en que esperaba a su amiga le llamaron la atención. Al recordarlo ahora se le caía la cara de vergüenza.

—¿Se puede saber qué haces? —le había preguntado de pronto un señor mayor que estaba de pie frente a ella. En un primer momento Misa no se dio por aludida y siguió mirando distraída el andén.

—Te estoy hablando a ti. ¿Es tuya la cartera que hay encima del asiento?

Se giró hacia el hombre tan pronto como se dio cuenta de lo que ocurría.

Era calvo, de escasa estatura y mirada furiosa.

«¿Cómo? ¿Me habla a mí? ¿Qué dice?».

La arrogancia propia de la edad quedó aplastada de inmediato por las miradas reprobatorias de los demás viajeros.

—El vagón va casi lleno. ¿Cómo es posible que ocupes un sitio libre con tus cosas?

—Pues... es para mi amiga... Está a punto de llegar.

—¡Bonita excusa! ¿De entre toda la gente que hay en el vagón es precisamente tu amiga la que tiene un asiento reservado? ¡¿Te parece normal?!

Misa no entendía por qué aquel hombre alzaba tanto la voz, por su culpa se había convertido en el centro de todas las miradas. Abochornada, se encogió en su asiento. Había esperado que alguien le recriminara que la tratara de ese modo, pero no vio la menor compasión por parte de los viajeros, ni un solo gesto para defender a una pobre adolescente sometida a la violencia verbal de un anciano. Alguien debería haberse puesto de su parte, haber apoyado a esa chica cabizbaja con la mirada clavada en el suelo. Alguien debería haberle parado los pies a aquel individuo tan grosero. Pero lo cierto era que la reprobación general se concentraba en ella.

Misa no era tan niña como para no verlo. Muerta de vergüenza, deseó que se la tragara la tierra, y no tanto por ser el centro de atención como por el hecho de que hubiera algún compañero del instituto en el vagón.

—Es que... —musitó— a mi amiga le ha tocado limpiar el aula y estará cansada.

—¡Entonces déjale tu asiento! ¡No pongas excusas!

Evidentemente, excusarse era la peor de las opciones, pero ¿qué otra cosa podía hacer? Ya nadie iba a intervenir en su favor. La genial idea de reservar un asiento, que hasta ahora tan bien les había funcionado a su amiga y a ella, quedó desenmascarada como una argucia de la que todo el mundo se daba cuenta.

En ese preciso instante, Mayumi entró corriendo en el vagón.

—¡Hola! Siento haberte hecho esperar. Gracias por guardarme el sitio.

El hombre se volvió de inmediato hacia ella y la fulminó con la mirada.

—Así que tú eres la amiga.

—¿Qué? ¿Qué pasa?

Confusa, Mayumi se pegó a Misa y le susurró al oído:

—¿Qué ocurre? ¿Te ha hecho algo?

Pero no había hablado lo bastante bajo como para que el hombre no la oyera.

—¡Sois vosotras las que habéis hecho algo! —vociferó él, atemorizándolas—. El tren va lleno, todo el mundo quiere sentarse y vosotras ocupáis un asiento libre como si nada. ¿Qué clase de educación habéis recibido?

Mayumi seguía sin entender, y, antes de que pudiera preguntarle a Misa, el hombre se le adelantó.

—Decidme, ¿cuál es el nombre de vuestra escuela? ¡Vamos, decídmelo!

Misa, aterrorizada ante la amenaza que se cernía sobre ellas, se puso en pie de un salto.

—Nos bajamos —le dijo a su amiga.

Le dio su cartera a Mayumi e hizo una reverencia al hombre.

—Lo siento, no volveremos a hacerlo —se disculpó con la boca pequeña.

Mayumi reparó entonces en las miradas hostiles clavadas en ellas, y con el gesto torcido imitó el saludo de su amiga. Bajaron del tren precipitadamente y se sentaron en un banco en el andén. Poco después, el pitido anunció el cierre de puertas y el tren arrancó.

En medio de todo el jaleo, nadie se había sentado en el asiento que había reservado Misa.

—Seguro que ese viejo se sienta en cuanto nos pierda de vista.

Mayumi dio un pisotón en el suelo de hormigón para demostrar su enfado. Aquel tipo se había puesto tan desagradable porque quería sentarse, pensó Misa. Sin embargo, las dos sabían muy bien que no se trataba de eso.

Misa recordaba muy bien a ese hombre que la había regañado con tanta vehemencia... Su mirada furiosa. «¿Se puede saber qué haces?», había gritado.

Era cierto. Mayumi y ella hacían lo mismo dos o tres veces por semana, y ahora se preguntaba cuántos pasajeros se habrían irritado al verlo.

Se sintió deprimida.

La idea les había parecido genial en un principio, pero se habían llevado una buena reprimenda delante de todo el mundo.

«Seguro que ese viejo se sienta en cuanto nos pierda de vista», había dicho Mayumi muy enfadada. Misa entendía a su amiga; también ella estaba enfadada. Gracias a eso no se había echado a llorar en medio de la regañina de aquel desconocido, avergonzada de ser el centro de todas las miradas y angustiada por el remordimiento de no haber sido consciente de su conducta hasta entonces. Además, temía que el anciano terminase por reconocer el uniforme de su colegio y presentase una queja. Si eso llegaba a ocurrir y el profesor anunciaba alguna mañana que un señor se había quejado a la escuela, el bochorno sería insoportable.

«No volveremos a hacerlo, ¿de acuerdo? —le dijo Misa a su amiga—. No pienso volver a pasar por algo así».

Mayumi asintió sin más, como si la conclusión final fuera no que hubieran hecho algo malo, sino que no lo harían más porque esos viejos eran insoportables. La arrogancia de la adolescencia cerraba el paso a la más elemental autocrítica, pero los remordimientos tomaban otro camino y por eso no volvieron a subir nunca al mismo vagón.

Ninguna de las dos reservó un asiento de nuevo, y no tardaron en comprender su insensatez al haber actuado así. La bronca del viejo había sido reveladora. Fue él, después de todo, quien se lo hizo ver.

Por eso había desaprobado tan vivamente que aquella mujer hubiera arrojado al asiento su bolso de marca para quitarle el sitio a la joven que tan dignamente se había alejado de allí a pesar de tener la razón de su parte.

Misa estudiaba en una universidad femenina no muy conocida y no podía decir que sus notas fueran gran cosa. Superaba los exámenes a duras penas gracias a la ayuda de compañeras más aplicadas que tenían el don de adivinar las preguntas que iban a caer.

Ella no podría comprarse uno de esos bolsos de marca hasta que tuviera un trabajo donde le pagasen decentemente, y solo si ahorraba lo suficiente. Pero se enorgullecía de no parecerse a señoras tan poco educadas.

Pensándolo bien, tenía que reconocer que el ejemplo de los desconocidos le había servido de ayuda a lo largo de su vida. También ahora con Katsuya, aunque habrían de pasar seis meses antes de romper definitivamente.

«¿Es un cobarde o simplemente un estúpido? ¿No será mejor que le dejes? Solo te va a hacer sufrir».

Justo el día en que habían planeado ir a buscar un apartamento para vivir juntos, se había enfadado con ella y sus disculpas no habían conseguido calmarlo. No solo eso, había estado a punto de tirarla al suelo al bajarse del tren, sin tomarse la molestia de mirar atrás.

«Estoy harta», se dijo a sí misma.

Esas discusiones eran tan habituales que ya ni siquiera sentía tristeza.

Decepción, desilusión y vacío.

Una señora mayor desconocida que viajaba en el mismo vagón había sabido señalarle lo poco que quedaba de su relación.

Era verdad. Katsuya no merecía la pena. Sentía que le habían quitado una venda de los ojos.

Porque no era lógico que montara en cólera por cualquier nimiedad, a solas o en público. Pero que acabara dando patadas a la puerta del tren, eso se salía de lo normal, se mirara como se mirase.

Su agresividad había terminado por convertirse en el pan de cada día, algo que ella había terminado por aceptar. De todos modos, cuestionarlo abiertamente habría constituido un riesgo: nunca podía adivinar cuál sería su reacción ni qué grado alcanzaría su ira.

Por eso los demás lo observaban con malos ojos. Y también a ella por no enfrentarse a él.

«... un cobarde o simplemente un estúpido...».

De seguir con él se convertiría en una mujer preocupada exclusivamente por sus cambios de humor, indiferente a lo que pudieran pensar los demás. «Menos mal que me he dado cuenta», pensó aliviada.

La separación fue tormentosa y Katsuya no se lo puso fácil. Aseguraba que no le importaba, pero en el fondo no soportaba la idea de que fuera ella quien lo dejara (una chica como Misa que, según él, no tenía nada de especial).

Se presentaba de noche en su apartamento y se ponía a gritar. Ella, preocupada por los vecinos, le dejaba entrar aun sabiendo que le iba a pegar. En más de una ocasión se vio forzada a refugiarse durante días en casa de alguna amiga hasta que pudo volver a su apartamento.

Aquello duró aproximadamente seis meses.

No les contó nada a sus padres. Vivían lejos y no quería preocuparlos.

Acudió a la policía, pero el agente que la atendió no se mostró muy comprensivo con su situación. Era una comisaría que estaba cerca de la universidad, y, cuando dio su dirección, el agente le dijo que no era la que le correspondía. Además, insistió en la necesidad de presentar pruebas, y, al preguntarle ella a qué clase de pruebas se refería, él le explicó que necesitaría un informe médico. Pero ella no podía ir al médico a pedir un informe cada vez que recibía un golpe; su situación económica se lo impedía.

Intentó al menos sacar unas fotos con el móvil para dejar constancia de las marcas de los golpes, pero Katsuya se presentó un día por sorpresa, las encontró, las borró y, no contento con eso, volvió a golpearla. «Si se te ocurre volver a hacer algo así, la próxima vez no me voy a conformar con un guantazo», la amenazó.

Por último, cuando comprendió que jamás podría librarse del problema ella sola, Misa decidió pedir ayuda al hermano mayor de su amiga Mayumi, que era vicepresidente del club de kárate de su universidad, y con quien tenía buena relación desde siempre.

—Misa es la mejor amiga de mi hermanita del alma —le dijo el hermano de Mayumi a Katsuya en una cafetería de Umeda donde lo había convocado.

Mayumi y Misa lo acompañaban y Katsuya se sintió acorralado.

Los tres lo miraban con indignación, aunque el hermano mayor de Mayumi no perdía la compostura y un gesto relajado que, curiosamente, daba todavía más miedo.

—A Misa la considero también mi hermana pequeña. Así que quiero que dejes de causarle problemas. ¿Lo has entendido?

Katsuya era un cobarde que solo se atrevía con mujeres o con aquellos que juzgase más débiles que él. Por eso, desde el primer momento mostró una actitud muy pasiva frente al hermano de Mayumi.

—No es mi intención causarle problemas —dijo tratando de defenderse—. Somos novios y es normal que discutamos.

—Misa dice que lo quiere dejar contigo. ¿No es así, Misa?

—Sí. No quiero que vuelva a ponerme la mano encima y no quiero que se presente en mi casa dando gritos.

El hermano de Mayumi escuchaba con los brazos cruzados encima de la mesa. Tenían una envergadura imponente, con todos los músculos marcados, y seguro que Katsuya podía imaginar el daño que le harían si entraban en acción, por lo que el temor en su rostro era palpable.

—Lo vais a dejar, ¿verdad? —No estaba pidiendo un favor. Esperaba una confirmación—. Si tienes algo que decirme, puedes venir a verme a la universidad cuando quieras. Me encontrarás en la sala de kárate. Soy el vicepresidente del club. Pero si prefieres te dejo mi número de móvil.

Katsuya negó con la cabeza a toda prisa.

—Ahora, como prueba de vuestra separación definitiva vas a borrar el número de teléfono y el correo de Misa, ¿de acuerdo? Tú también, Misa.

—Es mejor que bloquees su número, Misa —intervino Mayumi—. Por si acaso se lo sabe de memoria y algún día se le ocurre llamarte.

—Si eso sucede —puntualizó su hermano—, recuerda que me presentaré donde estés en un abrir y cerrar de ojos.

Katsuya, incapaz de decir nada, borró el número de teléfono y el correo de Misa.

En cuanto se hubo marchado, Mayumi se volvió hacia su amiga, indignada.

—¿Cómo es posible que no me hayas dicho lo que pasaba antes de llegar a este punto? —le reprochó.

—Lo siento. No quería preocuparte. Además, todavía vives en casa de tus padres... Tenía miedo de que se lo dijeras y ellos se lo contaran a los míos. No quería molestarte..., obligarte a venir hasta aquí para esto...

—¡Pero si Sayama está aquí al lado! Puedo venir siempre que quieras, y el Gran Demonio aquí presente vive en el centro de Osaka. Lo conoces de sobra, así que úsalo para ahuyentar a los malos.

—¡Oye, tú! ¿Llamas Gran Demonio a tu hermano mayor al que no ves desde hace siglos? Se nota que has subido de categoría.

—¡Ay! —exclamó Mayumi al sentir el capón que su hermano le daba en la frente.

—No exageres tanto —le dijo él.

—Tu fuerza no es comparable a la de los demás, no te olvides.

Era la típica pelea entre hermanos que a Misa siempre le había dado envidia porque era hija única. Hacía tiempo que no presenciaba esa escena y le hizo tanta gracia que se le saltaron las lágrimas.

—Gracias de todo corazón por lo de hoy. No sabía qué hacer. Me habéis ayudado mucho.

Mayumi la abrazó y luego le preguntó si había tenido miedo. Su hermano aprovechó para dar un sorbo mientras apartaba la vista de sus muestras de cariño.

A partir de aquel día, Katsuya desapareció por completo de la vida de Misa.

Apenas había pasado un mes desde entonces.

El móvil de Misa, que estaba en modo silencioso, vibró. Era un mensaje de Mayumi.

«Kengō está preocupado por ti. Llámalo cuando puedas».

Kengō era el hermano mayor de Mayumi.

«¡Secreto! Cuando nos despedimos de ti aquel día me dijo que estabas muy guapa. Es un Gran Demonio, pero jamás se le ocurriría pegar a una mujer. Solo se dedica a su club de kárate y no tiene novia. Por ser tú, te lo dejo a precio de saldo».

«¿Estoy guapa?», se preguntó Misa.

Imaginar a Kengō pronunciando esas palabras en el mismo tono de voz que había empleado para dirigirse a Katsuya, sin perder la compostura en ningún momento, aceleró en el acto los latidos de su corazón.

Hacía mucho que no se veían, y aun así él se había prestado a ayudarla a solucionar un grave problema.

Le daba vergüenza volver a verlo, pero lo cierto era que él también estaba muy guapo.

Se había convertido en un hombre hecho y derecho con el aplomo necesario para plantar cara a un indeseable como Katsuya.

Misa no era tan atrevida como para aceptar sin más el ofrecimiento de Mayumi, pero tal vez podría hacerle un regalo de agradecimiento y de paso invitarle a tomar un té juntos.

Él le había dejado su número. Por si acaso.

«Gracias, Mayumi. Lo llamaré un día de estos. Y no le digas nada. Me da vergüenza».

Envió el mensaje y se guardó el móvil.

Ahora volvía a recordar las palabras de la anciana del tren: «... un cobarde o simplemente un estúpido... Solo te va a hacer sufrir». La mujer tenía toda la razón. La ruptura sería dolorosa, pero no se arrepentía en absoluto de haber tomado la decisión. «Gracias», dijo como si hablara con la mujer. De hecho, si volvía a cruzarse con ella, se lo agradecería personalmente.

Se sentía incluso capaz de darle las gracias a aquel hombre mayor que la había regañado cuando aún estaba en la escuela secundaria. Ahora estaba en condiciones de poder hacerlo.

¡Ah! Y también a ese grupo de chicas que se lo pasaban en grande con la historia de una de ellas. Misa se preguntaba qué tal les iría en el examen de acceso a la universidad. Pensó en cada una de ellas con una sonrisa en los labios y les deseó la mejor de las suertes. Contenta, se dijo que daban igual aquellas señoras tan mal educadas.

Mondo Yakujin

«Es increíble que personas adultas se comporten de ese modo».

El reproche iba claramente dirigido a ella y al grupo del que formaba parte, y quien lo hacía no era precisamente una chica dulce y discreta, sino una joven más bien llamativa vestida al estilo de las universitarias, una chica a la que, si saliera con su hijo, criticaría ante sus amigas a la hora del té con aire compungido y un gesto de desagrado en el rostro.

Para una madre como ella, la novia ideal de su hijo —sobre todo si pensaba casarse con ella— no tenía que ser necesariamente guapa y llamativa, sino solo no tan fea como para comprometerlo. Es decir: una chica un poco mona, dulce, discreta y bien educada. De las que están perfectas con una camisita y una falda plisada. Esa clase de chicas que se mantienen en segundo plano y jamás se empeñan en salirse con la suya.

Ese era al menos el ideal de novia del grupo de amigas al que ella pertenecía. Unas mujeres que se tenían a sí mismas por distinguidas y solían ponerse elegantes cuando quedaban para salir: vestidos de raso, algún accesorio vistoso y bolsos de marca. Todo para hacer ver a los demás que compraban en los grandes almacenes del distrito de Umeda y sugerir con ello un estatus superior al real.

Por mucho que se tratase de prendas y artículos adquiridos a empellones en las batallas de los primeros días de rebajas, todo cuanto procedía de esos grandes almacenes tenía un aura de prestigio. Pero, si de verdad hubieran sido las señoras distinguidas que pretendían aparentar, habrían ido a comprar a esas tiendas sin preocuparse de las ofertas ni pensar en el dinero.

Yasue Itō miró a la universitaria que iba sentada a su lado, esa joven llamativa de la que sus amigas, supuestamente distinguidas, recelarían en caso de ser la novia de alguno de sus hijos dando muestras con ello de que no lo eran en absoluto.

Yasue se había percatado de la maniobra de la líder del grupo cuando lanzó el bolso para evitar que otra mujer ocupase el asiento. También oyó que se reían de un modo que, ciertamente, resultaba todo menos refinado.

Deseó que se la tragase la tierra. No quería que nadie la identificase como la amiga a quien esperaban. ¡Qué vergüenza convertirse en el centro de todas las miradas!

Pero no tenía el valor necesario para reprocharles su actitud. Al lanzar el bolso con ese descaro, la líder del grupo le estaba haciendo un favor, ya que la tenía por una mujer más lenta y torpe que las demás. Y sabía a lo que se arriesgaba si rechazaba el detalle y la desafiaba, porque lo había visto con otras señoras que habían abandonado el grupo.

—Lo siento —se disculpó mientras devolvía el bolso a su dueña.

Le dolía el estómago. Últimamente le había estado molestando. En realidad, ella no quería ir a ese famoso restaurante chino de Takarazuka donde habían decidido pedir el menú más caro, cinco mil yenes por persona, ni más ni menos. «Ya que vamos, pediremos lo más caro», sentenció una de ellas.

Era sábado y Yasue había dejado preparado en casa arroz frito para su marido y su hijo, que aún no había terminado el instituto.

Si iba a un restaurante caro, prefería hacerlo con su familia. Cinco mil yenes por persona. Su hija mayor ya se había casado y solo estaban ellos tres en casa, pero ese dinero superaba con creces el coste de una comida normal para todos.

Su marido y su hijo no decían nada, aunque se daban cuenta de lo complicadas que eran las relaciones en ese grupo de amigas. Intuían que salía con ellas no tanto por gusto como por un compromiso adquirido desde la escuela secundaria de los hijos, cuando entró a formar parte de la asociación de padres.

—De nada —respondió la líder del grupo cuando ella le tendió el bolso y le dio las gracias.

Yasue se limitó a esbozar media sonrisa.

Su naturaleza le impedía enfrentarse a personas de carácter fuerte.

Pero el comentario de la chica sentada a su lado la había herido.

«Es increíble que personas adultas se comporten de ese modo»

«¿Es demasiado egoísta por mi parte pedir que me comprendas, aunque me haya sentado aquí? —dijo Yasue para sus adentros como si se dirigiera a la joven—. No estoy en este grupo por placer. También yo me avergüenzo, y ten por seguro que me pareces más digna que todas ellas aun cuando te pondrían de vuelta y media si fueses la novia de alguno de sus hijos».

Pero Yasue no había tenido el arrojo necesario para decirle a la jefa de la pandilla que no se preocupase, que se quedaría de pie si no había sitio libre. Por tanto, todo el mundo la metería irremediablemente en el mismo saco que a esas mujeres terribles.

En el fondo envidiaba a las otras señoras a las que habían expulsado del grupo y de las que nadie hablaba. Ella no había tenido tanta suerte y se preguntaba hasta cuándo debería mantener su compromiso con ellas.

«Siguiente parada: Mondo Yakujin. ¡Mondo Yakujin!», anunciaron por megafonía.

El aviso le recordó a Yasue el arroz frito que había dejado a su marido y su hijo, hecho con los restos que había encontrado en la nevera, mientras ella se iba a Takarazuka a comer exquisiteces chinas. Solo de pensarlo, el dolor le atenazó el estómago de nuevo y se dobló en dos.

—¡Señora! ¿Se encuentra usted bien? —le preguntó extrañada la chica sentada a su lado mientras le acariciaba la espalda.

—¡Yasue!

—¿Qué te pasa?

Desde los asientos de enfrente, preguntaron las otras señoras al ver el gesto de la joven:

—¿Te encuentras bien?

Todas preguntaban, pero ninguna se levantó. La universitaria, por el contrario, continuó acariciándole la espalda, sinceramente preocupada por su repentino color de cara.

—Tranquilas... —respondió Yasue—. Es solo que me duele el estómago...

—¡Vaya, justo ahora que vamos a comer!

—¿Está usted bien?

La inquietud de la chica resultaba evidente. Yasue la agarró de la manga.

«No digas nada», pensó para sus adentros.

Como si hubiera logrado leerle el pensamiento de algún modo, la joven dijo en voz baja:

—¿Cómo va a ir a comer así, con esos sudores fríos?

Encogida de dolor, Yasue hizo un esfuerzo y sonrió a sus amigas.

—Lo siento —les dijo—, pero me temo que no voy a poder acompañaros. Es mejor que vuelva a casa. Disfrutad de la comida. Lamento haber estropeado nuestra cita.

—¿De veras? Bueno...

—Cuídate.

El tren hizo su entrada en la estación. En cuanto se abrieron las puertas, la chica se levantó para ayudarla.

—Estoy bien, no te preocupes —le dijo Yasue.

—Yo también me bajo aquí. Tranquila, voy con usted.

Ciertamente, le resultaba difícil caminar sin ayuda.

—¡Ay, lo siento, señorita! Cuide de ella, por favor.

La chica ignoró por completo el comentario de una de las mujeres y fingió preocuparse solo por Yasue.

Una vez en el andén, Yasue se sentó en un banco con la cabeza en las rodillas y esperó a que el dolor remitiera.

—Seguiremos cuando se sienta mejor —le dijo la chica—. Según tengo entendido, cerca de aquí hay una clínica donde podrían atenderla.

Según tenía entendido. Yasue dedujo que esa no era su parada.

—Siento haberte hecho bajar en una estación que no es la tuya.

—No se preocupe —respondió ella un tanto seca (el enfado no se le había pasado del todo).

—No llevo encima la tarjeta sanitaria...

—Puede traerla otro día para que le devuelvan el dinero de la consulta.

—No quiero gastar dinero con tantas idas y venidas en tren. Tengo algo para el dolor de estómago en el bolso.

—¿Y por qué no me lo ha dicho antes?

La chica se dirigió a la salida. Yasue vio cómo se alejaba y después abrió el bolso para buscar la medicina. Era su único bolso de marca. Se lo había comprado con los ahorros de su trabajo a tiempo parcial, y todavía le remordía la conciencia por no haber aportado ese dinero a los gastos de la casa.

El grupo de amigas insistía en que se comprase otro, en que se lo pidiese a su marido cuando recibiera la paga extraordinaria, pero ella siempre decía para zafarse que ese le encantaba y no necesitaba más.

Sacó el sobre del medicamento de la cartera. No era una cartera de marca y las mujeres insistían también en que se comprase una a juego con el bolso, y ella les mentía y les decía que no tenía más remedio que conservarla porque era un regalo de su suegra. La realidad era que la había comprado de oferta por cinco mil yenes en la tienda donde trabajaba.

Esa cartera costaba lo mismo que el restaurante chino donde se suponía que iba a comer ese día. Cuando estaba a punto de incorporarse para ir a comprar agua, la chica volvió con una botella.

—¡Ay, gracias! Dime cuánto te ha costado.

—No se preocupe. Es solo una botella de agua.

Yasue inclinó la cabeza muy agradecida. Abrió la botella y se tomó el contenido amargo del sobre. Por alguna razón que no llegaba a entender, la joven no se marchaba.

—Discúlpame... —le dijo. Yasue no entendía el porqué de tanta amabilidad a pesar de su gesto malhumorado—. ¿Por qué...?

—No consigo tener la conciencia tranquila —dijo la chica en tono crispado—. He sido impertinente con usted y no sé si eso le ha provocado el dolor de estómago. Lo lamento. Me siento en la obligación de esperar a que se le pase.

«Es una buena chica», pensó Yasue. Una persona decente. Mucho mejor que cualquiera de esas supuestas novias ideales con las que soñaban las mujeres del grupo. De hecho, le gustaría que su hijo encontrase a alguien así a pesar de los comentarios y las miradas aviesas. Si llegaba a presentarse un día con una chica como ella, Yasue se enorgullecería de él y de su buen criterio.

—Te equivocas —dijo con una sonrisa en los labios mientras restaba importancia a su preocupación con un gesto de la mano—. No ha sido culpa tuya.

Se habían cruzado por casualidad y lo más probable era que no volviesen a verse nunca. Eso le permitió hablar libremente por primera vez.

—La verdad es que no quería ir a un sitio tan caro con esas señoras. He dejado en casa un humilde plato de arroz frito para mi marido y mi hijo, y mientras tanto yo iba a gastarme cinco mil yenes en un restaurante chino. Pensar en ello es lo que me ha dado dolor de estómago. Y, por si eso no fuera suficiente —añadió a modo de excusa—, mi amiga va y ocupa un asiento libre con esos modales. Es buena persona, pero hace ese tipo de cosas sin pensar. Sé que la culpa es mía por no atreverme a decir nada, pero me da mucha vergüenza y odio tener que ponerme en un sitio que alguien ha guardado para mí con esos modos.

La chica se sentó a su lado.

—Le pido disculpas por mi sarcasmo. No conocía sus circunstancias.

—No te preocupes. Ya te digo que es culpa mía.

—No lo creo —replicó la joven con una mirada cargada de sentido—. Si se atreviera a llevarle la contraria a una mujer así, seguramente se enojaría y le causaría problemas. Yo tampoco me atrevería, no se crea. Esa mujer no parece en absoluto buena persona.

—¿Problemas? ¿A qué te refieres?

Yasue no sabía adónde quería ir a parar.

—La apartará del grupo. La ignorará. A eso me refiero.

—Entiendo.

—¿Lleva siempre encima un medicamento para el estómago?

—Últimamente me duele así, de repente —respondió Yasue en voz baja.

—¿Quiere decir cuando sale con ellas?

Esa pregunta tan directa no le dejó más alternativa que ser sincera, y asintió.

—No sé si me corresponde a mí decirle algo así —continuó la chica en un tono de voz más neutro—, pero ¿no debería cortar esa relación? Si sigue usted así, dentro de poco la medicina no le servirá de nada.

Yasue asintió de nuevo y la chica se impacientó.

—Le duele el estómago por culpa del estrés. Y es evidente que esas señoras la estresan. ¿No ve cómo se ha recuperado en cuanto se ha alejado de ellas?

Yasue estaba de acuerdo, pero le costaba admitirlo y desvió la mirada.

—Es que... hace mucho que las conozco.

—Escúcheme lo que le voy a decir. A mí me parece que todas ellas la infravaloran.

Era un comentario claro y directo, y Yasue agarró la botella de agua como si fuera una especie de salvavidas. En el fondo, sabía que la joven tenía razón.

—Cuando en un grupo de amigas una se siente mal de repente —continuó la chica—, las otras normalmente la cuidan, aunque solo sea por guardar las apariencias. Alguna de ellas podría haberse bajado del tren con usted para ver qué le pasaba, pero ni siquiera se han levantado del asiento. Solo les importaba el restaurante, como si eso contara más que su salud. ¿Qué clase de desprecio es ese? ¿De verdad le merece la pena tener amistad con ellas?

—Supongo que no.

A solas con aquella chica, podía darse el gusto de ser sincera. Hacía tiempo que el grupo no tenía nada de divertido. Los niños habían terminado la escuela secundaria y cada cual había tomado su camino, y al hacerlo, tanto sus vínculos como los de la asociación de padres se habían diluido. De hecho, lo único que esas mujeres tenían en común era la escuela a la que sus hijos ya no iban.

La chica puso cara seria.

—Es mejor apartarse de las personas que no comparten nuestros valores mientras aún es posible y por mucho que duela, de lo contrario acabarán influyéndonos negativamente.

Esa muchacha, tan joven que podía ser su hija, debía de haber pasado ya por una experiencia dolorosa.

—Si no tiene cuidado, el estrés podrá con usted —añadió en tono grave—. Da toda la impresión de que lo lleva usted muy mal. —La chica sonrió—. ¿Qué prefiere?

—¿Por qué me dices todo esto? —le respondió Yasue con otra pregunta.

La joven se sorprendió.

—Cuando mi vida ha tomado el rumbo equivocado o he pasado por una experiencia desagradable, siempre han sido las palabras de personas desconocidas con las que me he cruzado lo que más me ha ayudado. Usted y yo también nos hemos cruzado por casualidad. Tal vez sea por eso.

A mediodía, los trenes de la línea Imazu circulan en ambas direcciones con un intervalo de diez minutos. A lo lejos se escuchó la señal sonora de la barrera del paso a nivel al cerrarse.

—Gracias. Sube a ese tren y no te preocupes por mí. Yo también me marcho a casa.

—Está bien. Tiene mejor cara, pero cuídese.

La chica se puso en pie y avanzó hasta el borde del andén. A su espalda, Yasue le gritó:

—¡Trataré de mantener las distancias!

La chica se volvió hacia ella sonriendo y levantó el dedo pulgar. Después subió al vagón y desapareció.

Como si aquel encuentro casual hubiese sido lo más natural del mundo, Yasue se levantó también, se dirigió al andén opuesto y pensó que lo primero que iba a hacer era solicitar más horas en su trabajo. Lo hablaría antes con su marido, porque debía tener en cuenta el asunto de los impuestos.

«Tenemos que afrontar el gasto de los estudios de nuestro hijo». Ese iba a ser el argumento que usaría con el grupo de mujeres. A medida que dejara de frecuentarlas, seguramente acabarían por no invitarla. Después de todo Yasue era, según la chica, una persona a la que infravaloraban.

Pero, si alegaba motivos económicos para distanciarse de ellas, sin duda aprovecharían para criticar a su marido por ser incapaz de hacer frente él solo a las necesidades de su hijo. Por suerte, no era el tipo de hombre que se preocupaba por cosas así, y en cualquier caso sería mejor que verse en la obligación de comprar artículos de marca solo para no desentonar, o ir a comer a restaurantes caros llena de remordimientos.

Con esos cinco mil yenes irían a comer juntos al restaurante preferido de su hijo.

Y por encima de cualquier otra cosa...

Sería una mujer y una madre a la que ningún desconocido podría considerar terrible jamás.

Kōtō'en

Como el grupo de mujeres terribles hacía un ruido insoportable, Etsuko decidió cambiarse de vagón. Montaban tal escándalo, de hecho, que las palabras que trataba de memorizar no se le grababan en la mente. En realidad, más que un grupo de señoras maduras, parecía la excursión de una guardería.

A esas alturas del año ya estaban más o menos claras sus opciones en distintas universidades, y en ese momento ojeaba un listado de palabras apoyada en la barra junto a la puerta.

La siguiente estación era Kōtō'en. Allí estaba su instituto, y una famosa universidad para la cual, a buen seguro, no le alcanzaba la nota, por lo que se decantaba por estudiar enfermería en otra de nivel medio.

La estación siempre estaba llena de universitarios vestidos a la moda que rebosaban de energía y disfrutaban de la vida.

En el instituto había mucha competencia entre los estudiantes por las mejores notas y, lógicamente, ningún profesor le iba a facilitar una recomendación teniendo en cuenta sus mediocres resultados. En una de las charlas de orientación, un profesor llegó a sugerirle que rebajase sus expectativas y fuera realista cuando ella le habló de su idea de presentarse al examen de acceso de una universidad prestigiosa. Por eso se había decidido por la escuela de enfermería. Así, al menos, obtendría algún título.

Sus amigas aspiraban a otras carreras y se preparaban en academias distintas a la suya. Aun así, quedaban los sábados por la tarde en el instituto para estudiar juntas.

Faltaba poco para la graduación. La idea de separarse les entristecía y quizás por eso intentaban reunirse siempre que podían. Aunque el objetivo era estudiar, pasaban la mayor parte del tiempo charlando. Algunas ya habían aprobado los exámenes de acceso, y las demás tenían más o menos garantizado el ingreso donde querían (incluida Etsuko, por supuesto).

No eran chicas temerarias. En apariencia alborotaban sin preocuparse por nada, pero habían meditado sus decisiones de manera firme y razonable. Puede que fueran demasiado prudentes, incapaces de soportar la tensión de un gran esfuerzo para optar a algo mejor o de posponer un año los exámenes para tener tiempo de aspirar a cotas más altas. Todas se conformaban con el que se suponía que era su nivel y disfrutaban de un día a la semana para estar juntas el poco tiempo que les quedaba.

Etsuko tenía un novio que trabajaba y que no sabía leer determinados ideogramas.

«¿Lo habéis hecho ya?».

A pesar de todas las cautelas, con toda la información que recibían por distintas vías, sus amigas no podían evitar la curiosidad. Etsuko respondía sin rodeos y con toda solemnidad: «¡No!».

Era un secreto que en una sola ocasión había estado a punto de no resistirse.

Tanto en el instituto como en la academia de apoyo donde estudiaba por las tardes, le decían que, si se esforzaba hasta el último momento, hasta el mes de marzo, tal vez lograra entrar en la universidad que quería, aunque insistían en que valorara otras opciones por si acaso.

Si suspendía el examen de ingreso no iba a tener más remedio que rebajar sus expectativas, pero en el fondo se daba cuenta de que todos esperaban de ella que afrontase el desafío. En caso de aprobar, y por milagroso que fuera, sería un éxito tanto para el instituto como para la academia.

«Estás justo en el límite. Si continúas esforzándote, tal vez...».

Su tutor del instituto y el profesor de la academia la animaban con el mismo argumento, pero ella les reprochaba que no serían ellos quienes abonasen las tasas de los exámenes. Además, en caso de aprobar debía pagar la matrícula para garantizarse la plaza, y en las diplomaturas de dos años la cantidad ascendía a un par de cientos de miles de yenes. Una licenciatura de cuatro años podía costar hasta un millón de yenes, y, por si eso no fuera suficiente, en caso de aprobar el acceso en la universidad donde realmente quería estudiar, todo ese dinero se esfumaría sin más porque no se lo iban a devolver.

Etsuko tenía dos hermanos pequeños. No podía obligar a sus padres a gastar semejante cantidad de dinero solo por unas pruebas de acceso; ya estaban bastante disgustados porque no hubiera obtenido la nota necesaria para una universidad pública.

En cualquier caso, tanto en el instituto como en la academia seguían creyendo en ella y animándola a superar las dificultades.

«Imposible —se resignaba ella—. Mi familia no puede permitirse ese gasto como si se tratase de una apuesta. Además, tengo hermanos pequeños».

Podía cambiar de academia, pero no de instituto. Había hablado con sus padres del asunto, de las fechas, de sus dudas, pero su tutor no dejaba de insistir.

«¿Por qué no lo intentas? Preséntate a los dos exámenes como mínimo».

«¡Ya está bien!», quería gritarle ella. ¿Cómo iba a disponer del dinero de sus padres para jugársela a una baza con tan pocas probabilidades? ¿Solo porque sí? ¿Solo para probar suerte?

«Si fuera inteligente lo haría. Siempre he querido estudiar ahí. Si supiera que tengo alguna posibilidad de aprobar, les pediría el dinero a mis padres. He trabajado sin descanso, en el instituto y en la academia, pero eso no me garantiza el éxito. No puedo presentarme en esas condiciones, y aun en el hipotético caso de que aprobara, no puedo permitir que se gasten un montón de dinero en una matrícula solo para garantizarme una plaza. Soy adulta y entiendo la situación de mi familia. ¿Por qué no me dice el tutor de una vez por todas que es imposible, que me olvide, y así me dejo de complicaciones? Si lo hiciese, demostraría un poco de compasión por mí.

»Probar suerte. Para mí no se trata de eso. La suerte sería para él si apruebo porque lo computaría como un resultado positivo para sí mismo y para el instituto».

Etsuko se sentía fatal cuando miraba a su profesor a la cara. Lo evitaba, y el estrés que eso le causaba terminó por afectar a su rendimiento.

No iba a lograrlo.

Cuando vio que sus resultados se estancaban, el profesor se dio por vencido con un comentario tan cruel como desconsiderado.

«Sabía que no lo lograrías». No faltaba mucho para Navidad y ese fue el peor regalo que le pudo hacer Santa Claus.

—Te veo muy desanimada últimamente.

Su novio podía ser incapaz de leer determinados ideogramas, pero sin duda era cariñoso y atento. La Nochebuena no se celebraba en Japón y por eso habían esperado al fin de semana para hacerlo ellos.

Tan pronto como vio la expresión de su cara cuando fue a recogerla en coche comprendió que era por culpa de los exámenes.

—Estás en la recta final. Imagino que debes de estar agotada.

«No se trata de eso —pensó ella sin verbalizarlo—. Estoy agotada por algo que no tiene nada que ver con eso».

Era por culpa de ese «sabía que no lo lograrías».

—Si prefieres seguir estudiando, podemos salir otro día. ¿Te llevo de vuelta?

Etsuko pensó que tal vez debería decir que sí.

—Te llevo cuando quieras, pero antes de eso...

El coche se detuvo en un semáforo en rojo y su novio se sacó del bolsillo de la chaqueta algo envuelto en papel blanco.

—Quiero que vayamos juntos a elegir tu regalo de Navidad. Así que esto es solo un detalle que te traje hace poco de Fukuoka..., cuando fui allí por trabajo.

El envoltorio tenía impreso en rojo el nombre del santuario Dazaifu Tenmangu.* En su interior había un amuleto de color rosa con una plegaria para favorecer el éxito en los estudios.

—Como ibas a hacer todos esos exámenes, pensé que te haría falta. Fui a rezar al templo de Dazaifu y pagué a unos monjes que había en una especie de galería para que siguieran rezando por ti.

—No es una galería, ¡es una capilla! —lo corrigió ella un poco malhumorada. Sin embargo, enseguida le preguntó—: ¿De verdad quieres que apruebe?

* Gran Santuario de Dazaifu. Templo consagrado al estudio, la cultura y las artes.

—Por supuesto que sí. ¿Qué clase de pregunta es esa? Has tomado la decisión de presentarte a un examen y yo voy a apoyarte. ¿Por qué se te ocurre eso a estas alturas?

El semáforo cambió de color y el coche arrancó.

Si era para ella, tenía que ser de color rosa. Seguramente lo había elegido sin pararse a considerar otros colores. Levantó el amuleto a la altura de los ojos para mirarlo en detalle.

—¿Qué hacemos? ¿Te llevo a casa?

—¿Por qué insistes tanto en que me vaya?

—Porque tienes una cosa importante entre manos y me da apuro distraerte.

—La gente que prepara exámenes también necesita distraerse un rato. Llévame a algún sitio con unas buenas vistas.

—¿No te gustaría que vayamos a comprar tu regalo? Pensaba ir a Kōbe.

—Mejor otro día. Hoy habrá mucha gente. Prefiero que estemos tranquilos.

De pronto vio cómo la cara de su novio se sonrojaba.

—Siempre me corriges sin piedad, pero a veces dices cosas encantadoras.

Giró el volante y anunció que irían a Rokkō.

Etsuko acababa de descubrir lo que significaba un verdadero beso entre adultos. Siempre se quedaban a la mitad porque a ella le daba miedo y él nunca la obligaba. En determinado momento, ella se encogía y él se apartaba.

El coche avanzó por carreteras desconocidas hasta llegar a la cima de los montes Rokkō, desde donde se contemplaba un hermoso paisaje. Apenas había gente. Aparcaron a un lado y juntaron sus labios sin quitar ojo a los pocos coches que pasaban por allí. A ella la situación le parecía propia de gente mayor.

Los faros de los coches eran una de las razones por las que ella terminaba siempre encogiéndose.

—Acaba de pasar uno... —dijo él.

—Hoy no me importa —contestó Etsuko.

Las palabras de ambos habían abierto un espacio entre ellos, y fue ella quien tomó la iniciativa para llenarlo de nuevo con un beso al que respondió él con ardor.

Etsuko comprendió hasta qué punto se había reprimido todo ese tiempo. El beso se alargó y fue él quien finalmente la agarró de los hombros para separarla con suavidad.

—Lo siento.

—¿Por qué? —preguntó ella.

Al fin sabía cómo actuar y él, por el contrario, suspiraba y se echaba sobre el volante.

—Si continúo, no sé si voy a poder controlarme —confesó el joven con una mezcla de confusión y vergüenza.

Etsuko quería seguir disfrutando de la sensación que le proporcionaba darse cuenta de lo mucho que la quería.

—No pasa nada.

Él la miró sorprendido, y ella añadió con decisión:

—Vamos a alguna parte. Hoy está bien.

—Pero...

—¡Vamos!

Su determinación parecía firme. Él no dijo nada más y se limitó a arrancar el coche.

Ella ya no se acordaba del nombre ni del lugar donde estaba el hotel al que fueron.

—Deja que me duche antes —dijo tratando de no ponerse nerviosa.

Muchas compañeras del instituto habían pasado por la misma experiencia, aunque no sus amigas.

«Quiero disfrutar sin prisas... Seguro que me trata con mucho cariño».

Etsuko salió de la ducha envuelta en una toalla.

—¿Qué haces? —le preguntó a su novio.

—Pues...

Se había sentado encima de la cama con las piernas cruzadas, de espaldas al baño para no mirar, como si fuera el mono del santuario Tōshōgū de Nikkō.*

—Quiero pedirte un favor —dijo él.

—¿Qué?

—Vístete.

Llegados a ese punto, sus palabras solo lograron enfadarla.

—¿Por qué dices eso ahora? ¿No quieres hacerlo conmigo?

—¿Cómo no voy a querer? ¡Qué tontería!

Nervioso, él también levantó la voz.

—Estás muy rara... —dijo—. Pareces desesperada por alguna razón, no sé. ¿No te das cuenta? Es como si todo te diera igual, y eso me quita las ganas, la verdad. Pero soy un hombre, y si una chica que me gusta tanto como tú se planta así delante de mí, no sé si podré controlarme.

Fue como si a Etsuko le echaran un jarro de agua fría. Comprendió que él se había dado cuenta de que no estaba preparada para su primera relación.

—Es que... —dijo con voz temblorosa mientras se sentaba delante de él en el suelo— quería sentir que te importo... Quiero que me cuide alguien como tú, que se va a Fukuoka por trabajo

---

* Uno de «los tres monos sabios». Figura representada en un friso del santuario Tōshōgū de Nikkō que se tapa los ojos con las manos.

y se preocupa de traerme un amuleto para que me vaya bien en los exámenes. Siempre eres muy tierno conmigo y necesitaba sumergirme en ese cariño.

—Ah...

Etsuko oyó cómo se rascaba la cabeza.

—Eres como una niña pequeña —dijo él—. Te quejas, pero no me explicas lo que te pasa... No sé qué hacer contigo.

¿Qué quería decir con eso? A Etsuko le hubiera gustado preguntárselo, pero las palabras no afloraban a sus labios. Era cierto que sollozaba sin parar sin llegar a entender por qué.

—¿Estás desnuda?

—Llevo una toalla.

—Escúchame. Voy a usar toda la fuerza de voluntad de la que dispongo. Si vuelves a hacer algo así, no seré capaz de aguantarme. ¿De acuerdo?

Se volvió hacia ella, abrió los brazos y le dijo:

—Ven.

Etsuko se lanzó sin dudarlo.

—Qué cosas haces —le susurró él.

Etsuko se disculpó en su interior sin dejar de abrazarlo.

—Dime qué te pasa.

Mientras le acariciaba el pelo mojado, Etsuko liberó al fin toda la tensión que había soportado ella sola, puesto que no podía contárselo a sus padres ni a sus amigas.

Le habló de su profesor, de su capitulación. Si ya sabía que no lo iba a lograr, por qué le había insistido tanto para que se presentase a un examen de acceso tan difícil a sabiendas de que sería imposible para ella. Etsuko se lo había dicho desde el principio, y por eso quería asegurarse una plaza en otro sitio más accesible.

Ella mejor que nadie conocía sus límites.

—No te preocupes. Eres una buena chica, una persona decente. Y, además, capaz de pensar en tus hermanos, de ponerte en la piel de tus padres y de hacer el esfuerzo de estudiar para tener una profesión en el futuro. Has hecho lo que debes y es tu profesor quien se equivoca. ¿Cómo puede tratar así a una chica como tú?

—¿Tú crees que soy buena?

—Serías aún mejor si te vistieras ya. Esta situación es muy cruel para mí.

—De acuerdo —dijo ella mientras volvía al baño, donde había dejado la ropa.

Pasaron el resto del tiempo tumbados en la enorme cama, charlando.

Etsuko le pidió que más adelante, cuando empezase su nueva vida y se acostumbrase a la rutina, hicieran juntos algún viaje. No tenía por qué ser un lugar lejano, solo quería pasar la noche con él en un hotel más elegante que ese y tener allí su primera experiencia.

Él se rio, contento de que al fin volviera a mostrarse positiva.

—Pero cuando empieces a estudiar me dejarás, porque yo soy un tonto que ni siquiera sabe leer los ideogramas como debería.

Etsuko se abalanzó sobre él.

—Un tonto al que quiero.

—¡Ya veo que no sales en mi defensa! —se rio él amargamente mientras la abrazaba.

El tren llegó a la estación de Kōtō'en.

Al bajar del vagón, Etsuko se cruzó con un chico y una chica que parecían universitarios. Él era alto y llevaba ropa de estilo punk. Por su parte, ella era guapa y vestía más sencilla. Le llamó la atención su collar de cuentas de vidrio de colores suaves.

Debían de estudiar en la universidad con la que ella soñaba. Parecía una pareja feliz, encantadora, pero no sintió envidia: sabía lo mucho que su novio la quería pese a ser un poco tonto.

Etsuko caminó en dirección al instituto, donde la esperaban sus amigas.

Nigawa

—¡Mira!

La chica a quien todo el mundo conocía como Gon-chan y a la que solo Keichi llamaba Miho-chan señaló emocionada uno de los dos taludes de soterramiento que flanqueaban la vía del tren nada más salir de la estación de Kōtō'en, que formaba un ángulo de cuarenta y cinco grados.

—¿Ves las hojas secas de los helechos? En verano estaba todo cubierto.

Ciertamente, toda aquella parte de la vía estaba tapizada de los característicos capullos plegados sobre sí mismos de los helechos, esperando a brotar de nuevo.

Al igual que Miho, Keichi procedía del campo y sabía identificar las plantas.

—Sí, son helechos. ¿Y qué?

—Ya no falta mucho para la primavera.

—No.

—Están a punto de brotar. Los hay por centenares. Es el típico lugar sombrío que tanto les gusta y nadie parece haberse dado cuenta.

Keichi imaginaba adónde quería llegar, por eso procuraba no darle alas.

—¿Y?

—Podríamos cogerlos nosotros, ¿no?

Lo sabía. Keichi la miró con cara de enfado.

—De ninguna manera.

—¿Por qué? ¡Es un desperdicio...! Esos brotes están riquísimos y nadie los va a recoger.

—Te... he... di... cho... que... no... —repitió él remarcando cada una de las sílabas—. ¿Se puede saber por dónde demonios pretendes bajar? Te recuerdo que es la vía del tren, y por si fuera poco tiene una pendiente muy pronunciada.

—Nos podemos atar a una cuerda para bajar, así resultará más fácil.

—Hay obras en la parte de arriba. ¿No has visto las vallas?

—Podríamos colarnos por la mañana temprano. Después de todo, no vamos a hacer nada malo. Recogemos unos cuantos y listo.

—No.

—Pero si hasta he preguntado a la gente que trabaja ahí y nadie los quiere. Les hizo gracia la pregunta y me dijeron que podía llevarme todos los que quisiera.

Así que no tenía problemas para hablar con desconocidos, pensó Keichi, y encima les caía simpática.

—Lo estás diciendo en broma porque sabes que eres incapaz de hacerlo.

—Soy totalmente capaz, ¿qué te has creído? Me he criado en el campo.

—¡Y eso qué más da! ¿Y si te caes? Podrías romperte algo.

—Hay árboles a los que agarrarse, y esa pendiente tampoco es para tanto.

—Ahora resulta que una pendiente de cuarenta y cinco grados no es para tanto.

—¡Bah! En ese caso, podemos ir directamente por la vía antes de que empiecen a circular los trenes, muy temprano.

—¡Todavía peor!

La mirada de reprobación de Keichi se endureció y ella hizo un puchero.

«Debo de estar mal de la cabeza —se dijo a sí mismo—, porque incluso esa cara me parece una monada». Pero aunque le gustara mucho... debía pararle los pies.

—¿A qué viene esa fijación con los helechos? Ni que fuera la primera vez que los ves...

—Es que tener una cosecha así tan al alcance de la mano...

—Pues cuando vayas a casa de tus padres te das un paseo y recolectas todos los que quieras.

Miho agachó la cabeza y agarró a Keichi por la manga.

—Si voy en vacaciones de primavera a casa de mis padres, no podré verte.

«¡Maldita sea! ¡Qué mona es!».

Apartó la vista de ella. Justo la noche antes le habían llamado sus padres para preguntarle qué planes tenía para las vacaciones de primavera, y, pensando en Miho, les había dicho que no iba a ir a visitarlos porque ya había estado en Año Nuevo.

Como los dos eran conscientes de que nunca habían salido con nadie, se mostraron relajados desde el principio. No sentían la necesidad de aparentar una experiencia que no tenían y podían ir aprendiendo juntos poco a poco.

A ninguno se le daba bien fingir algo que no era y, quizá por eso, sus ritmos se acompasaban bien.

En su primera cita fueron a comer *takoyaki* al centro comercial de Nishinomiya-kitaguchi, un plan sencillo que a ellos les pareció un lujo.

Miho hubo de esperar varios meses antes de poder visitar el apartamento de Keichi. Él no se atrevía a invitarla por miedo a que ella desconfiase de sus intenciones (algo que, por otra parte, no habría podido negar del todo), y Miho tampoco tenía el coraje necesario para confesarle que quería ir.

Si vencieron los obstáculos fue gracias a un inesperado resfriado veraniego de Keichi. Miho se presentó en su apartamento en cuanto él le mandó el mensaje con la dirección.

—Como me has dicho que cocinas, he supuesto que tendrás aquí todo lo necesario.

Había llevado ingredientes para prepararle una sopa de arroz y una lata de melocotón en almíbar. A Keichi se le había acabado el arroz, y los dos kilos con los que Miho se presentó le parecieron agua caída del cielo. Sin embargo, le extrañó mucho ver un libro de recetas especialmente pensadas para enfermos y convalecientes. «Y encima lo ha señalado con pósits —pensó—. ¿Seguro que sabe cocinar?».

Keichi se volvió enseguida a la cama y desde allí dijo con cierta cautela, para no herir su orgullo:

—Miho-chan. En mi arrocera también se pueden hacer gachas, así que...

Ella, que rebuscaba con gesto serio entre las cazuelas, sonrió al oírlo.

—¡Menos mal! Me parecía feo traer gachas compradas. El otro día hice unas en casa de mi tía y no me salieron muy bien... Hoy he venido dispuesta a lo que sea para mejorar.

Keichi se rio y la risa le hizo toser.

No era la intención de Miho, en cualquier caso, obligarle a comer el resultado de ese segundo intento, y también ella se rio. De nuevo, a pesar de la fiebre y del malestar, Keichi pensó que era encantadora.

A lo mejor podía sacarle provecho a la situación.

Miho sirvió las gachas en un cuenco y se las llevó a la cama. Tenían buena pinta. Gracias a la arrocera, sin duda.

—¿Me ayudas a comer?

Como de costumbre, Miho se sonrojó. Aun así, acercó la cuchara a la boca de Keichi con mano temblorosa. Después le dio unos trozos de melocotón con el tenedor.

—Está muy rico. Gracias.

—Agradéceselo a la señora arrocera.

Miho señaló la máquina un poco avergonzada.

—La próxima vez lo haré mejor... y dejaré en paz a la señora arrocera.

Su tibia declaración de intenciones volvió a provocar la risa mezclada con tos de Keichi.

Miho le ayudó a tumbarse y le preguntó si tenía suficientes medicinas.

—Sí, no te preocupes.

De pronto sus caras estaban a muy poca distancia.

«¿Podré besarla hoy por fin?», se preguntó él. Pero le daba miedo contagiarla, así que se lo advirtió.

Ella dijo que no pasaba nada.

—Han terminado los exámenes del primer trimestre... En *obon* iré a casa de mis padres, y de todos modos tengo a mi tía, que cuida de mí. Además, soy muy fuerte.

Una vez aclaradas sus circunstancias acercó lentamente sus labios suaves a los de Keichi, mucho más ásperos por culpa del resfriado.

Aun siendo casi un tópico, su primer encuentro íntimo tuvo lugar en Navidad. Como estaban escasos de dinero, decidieron preparar algo en casa de Keichi y comprar solo la tarta de Navidad. Les habría gustado cenar algo especial, pero Miho no sabía cocinar y Keichi solo se atrevía con cosas fáciles, así que únicamente quedaban dos posibilidades: *te maki sushi* o *nabe*.* Era invierno y se decidieron por la segunda opción.

Fueron juntos a comprar los regalos a Loft, en Umeda: un par de relojes a juego que eligieron en el departamento de bisutería con mucha emoción. Tal vez adivinaban que ese día acabaría con un beso sin tener que preocuparse ya de posibles contagios.

Cuando llegó el momento de los regalos, Keichi le entregó dos a Miho.

—¿Y esto por qué?

—Porque mi reloj es más caro que el tuyo.

—Y eso qué más da. Yo vivo con mis tíos y tengo un poco más de margen con el dinero...

—No importa. Ábrelo.

Salían juntos desde hacía más de seis meses y Keichi creía conocer sus gustos. Estaba seguro de que le haría ilusión.

En el interior de la cajita plana que Miho abría con cuidado había un colgante con una delicada piedra de cristal rosa con irisaciones verdes.

Lo había elegido porque no era muy caro (había trabajado más horas de lo normal en el empleo que se buscó para el periodo navideño) y porque había visto que ella solía usar collares de ese estilo.

También la dependienta había insistido en que se lo llevara: era el último que quedaba y por eso tenía tan buen precio.

* *Te maki sushi* o sushi preparado en casa. El *nabe* es una sopa típica de invierno con una gran variedad de ingredientes.

—Es de cristal y está hecho a mano. Por eso el color y el diseño son un tanto peculiares. En la tienda donde lo compré me dijeron que era único.

A Keichi le daba un poco de vergüenza ofrecerle algo tan humilde, pero a ella no pareció importarle y se lo probó enseguida.

—Me encanta la bisutería de cristal. Gracias.

Miho era originaria de una prefectura de Kyushu famosa por la artesanía de vidrio.

—¡Ah, por cierto! —dijo ella de pronto—. Yo también tengo otro regalo para ti. Mis amigas me han dado... —Rebuscó en el interior del bolso y sacó un paquete cuadrado que le ocupaba ambas manos—. Imagino que es un dulce. Podemos comerlo con la tarta —propuso mientras deshacía el envoltorio con los colores típicos de la Navidad.

Sin embargo, cuando no había desenvuelto ni la mitad se quedó de piedra.

—¡Miho! —exclamó Keichi—, eso no es un dulce...

La caja tenía un diseño infantil, si bien el contenido era claramente para adultos. Miho no era tan inocente como para no saber de qué se trataba. Como de costumbre, se sonrojó. Se sonrojó tanto que incluso se notó en sus manos.

—No... No sabía... —balbuceó.

Al verla tan desconcertada, Keichi se rio.

—Ya me extrañaba lo del regalo —añadió Miho.

—Seguro que querían que lo abrieses delante de ellas para ver tu reacción.

Una reacción que, finalmente, solo había visto él.

—¡Menudo regalo! No puedo llevar una cosa así a casa de mi tía.

A Keichi le pareció oír susurrar a sus amigas que lo dejara entonces en casa de su novio.

—¿Por qué no lo dejas aquí? Así tu tía no lo verá si entra en tu cuarto.

—Sí, pero aquí vienen tus amigos...

—No pasa nada. Es algo natural para cualquiera que tenga novia. Lo único que me da vergüenza es el diseño de la caja. ¿No pueden hacer algo más normal?

Al ver los ojos de Miho abiertos como platos comprendió enseguida que se había ido de la lengua.

—Me gustaría preguntarte algo... —dijo ella—. ¿Tú también tienes?

Keichi dudó sobre cómo responder a su pregunta.

—Bueno... La verdad es que sí. Por si acaso. No puedo negar que no tenga esa clase de deseo.

—¿Conmigo?

—Por favor... Miho...

Era una pregunta inapropiada y ella lo captó a la primera. Le pidió perdón y lo miró con ojos de súplica, esa arma infalible de la que dispone cualquier chica si sabe cómo y con quién usarla.

—Es Navidad... ¿Por qué no aprovechar el contenido de este paquete que tanta vergüenza nos da?

Después de dar un paso que no tenía marcha atrás, se quitó el collar.

—No quiero que se rompa.

Era la primera vez para ambos, así que fueron con cuidado. Keichi no quería hacerle daño. Se interrumpía cada vez que la notaba tensa aunque ella asegurase que no pasaba nada. La rigidez de su cuerpo le hacía ver su incomodidad.

—Lo siento. No sé qué hacer —dijo al fin—. ¿Puedo encender la luz?

Quizá sería más fácil si veía algo.

—¡No, no, eso no! —protestó Miho—. Intentémoslo de nuevo.

Keichi volvió a empezar poco a poco con cuidado de no lastimarla, y cuando terminaron ya era otro día y no quería ni pensar en la cantidad de unidades de aquel paquete que había gastado inútilmente.

Ella debía de estar agotada, porque se quedó dormida en un abrir y cerrar de ojos, y Keichi tuvo que despertarla a su pesar.

—Deberías irte a casa.

Miho le sorprendió entonces con algo que él nunca habría imaginado.

—No te preocupes... —dijo con ojos somnolientos—. Le he dicho a mi tía que acudiría al karaoke con mis amigas y que volvería por la mañana. No sabía lo que iba a pasar hoy, pero sí que quería quedarme a dormir contigo. Aparte de Navidad, no vamos a tener muchas ocasiones de pasar la noche juntos.

«Dormir conmigo... —repitió él para sí—. ¿Cómo se le ocurre? Ella debió imaginar lo que iba a pasar...».

Seguro que a sus amigas se les había ocurrido hacerle ese regalo cuando Miho les pidió que guardasen el secreto.

Keichi sonrió con cierta amargura y se acurrucó en la cama. Aquella noche agotadora se había convertido en la primera mañana en que despertaban juntos.

Unos días más tarde Miho preguntó a sus amigas qué podía hacer para que la experiencia íntima con Keichi no le resultase tan incómoda, lo cual fue motivo de burlas durante una temporada.

—¡Siempre tan franca y directa! —le reprochó él cuando se lo contó—. Tendrías que haber imaginado que se reirían de mí.

Pero las amigas de Miho debieron de darle el consejo adecuado, porque Keichi ya no volvió a ver la menor tensión en su rostro.

No le quedó más remedio que admitir que esa franqueza tenía sus ventajas.

—Está bien —dijo él inclinando ligeramente la cabeza.

A Miho se le escapó una exclamación de alegría.

—Entonces...

—Ahí no. Está prohibido el paso.

Por muy encantadora que fuese, no podía decirle que sí a todo. Ella dejó caer los brazos, desilusionada.

—A cambio —añadió Keichi—, te propongo que vayamos de excursión en cuanto llegue la primavera. Podemos buscar brotes de helecho o esas hierbas de montaña que tanto te gustan. ¿Qué te parece? Seguro que encontramos hierbas comestibles por todas partes. Los dos somos de campo, no te olvides.

Miho dio un grito de alegría. Parecía una niña pequeña.

—¡Bieeen! ¡Bieeen!

«¿De verdad es una chica moderna que estudia en la universidad?», se preguntó sorprendido al ver su reacción. A veces lo dudaba, pero aun así seguía pareciéndole encantadora.

—Si nos bajamos en Nigawa, podemos ir andando hasta el monte Kabuto. Al parecer son solo dos horas. Si quieres nos acercamos ahora echar un vistazo. Seguro que a la orilla del río ya hay berros y ajos silvestres.

—¡Sí, vamos, vamos!

El entusiasmo de Miho no dejaba de crecer.

—Pero esas hierbas solo sirven para infusiones, si no me equivoco.

—Sí, aunque he leído en una enciclopedia que también se pueden cocinar en tempura. A lo largo de la línea Hankyū hay muchas rutas para hacer a pie.

Miho miró a Keichi fijamente a los ojos.

—¿Qué pasa? —preguntó él.

—¿Te has tomado la molestia de consultar una enciclopedia?

No supo qué responder. Después de que ella le hablara de todos esos brotes de helecho que se echarían a perder entre las estaciones de Kōtō'en y Nigawa, él había seguido dándole vueltas al asunto.

No podía permitir que ella se deslizase por un talud que acababa en la vía del tren, era demasiado peligroso, pero sí quería acompañarla a alguna parte en busca de esas hierbas comestibles que tanto anhelaba. Seguro que sentía nostalgia de su casa natal después de haber renunciado a volver durante las vacaciones de primavera para estar con él. Sabía que ir de excursión a la montaña la haría feliz.

—Iremos juntos —dijo al fin—. Parece un plan divertido y no me importa subir montañas.

Miho lo agarró por el brazo. Él ya conocía la suavidad y delicadeza de ese cuerpo que se le acercaba.

—Gracias. Me encanta hacer cosas contigo.

«Dices eso para conquistarme definitivamente», pensó él.

—Entonces, no vuelvas a repetir lo de la vía del tren, ¿de acuerdo?

Le ofreció el dedo meñique para sellar el pacto y aprovechó para cambiar el tema de conversación.

—Por cierto, ¿qué pasó con el *torii* que vimos en lo alto de aquel edificio? Dijiste que irías a preguntar.

—Hum... Todavía no he ido. Lo dejaré para más adelante. Me da un poco de pena.

—¿Pena?

Ella sonrió mientras le explicaba la razón.

—Gracias a ese *torii* empezamos a salir juntos, y cuando me acuerdo me emociono. Por alguna razón me gustaría dejar el enigma sin resolver.

Keichi torció los labios y la miró con ojos severos antes de darle un golpecito en la frente.

—¡Ay! ¿Por qué? —protestó ella frotándose la piel.

Él apartó la mirada.

«Porque dices cosas así de repente, como si nada, y me dan ganas de abrazarte».

El tren se detuvo en la estación de Nigawa y Keichi le dio la mano para bajar juntos cuando ella aún se acariciaba la frente, enfurruñada.

Obayashi

«Es un buen lugar».

Habían pasado seis meses desde que se cobró su venganza cuando Shōko se mudó finalmente al barrio del que tan bien le había hablado la mujer con quien se cruzó en el tren.

Gracias a la buena reputación de la compañía para la que trabajaba, no le costó mucho encontrar un nuevo empleo cuando decidió marcharse. Buscó algo en Kōbe y gracias a eso ya no tuvo que desplazarse a diario hasta la avenida Midosuji, en el centro de Osaka. Su nuevo puesto estaba en el departamento de ventas de una empresa dedicada al diseño.

Sus compañeras le habían insistido hasta la saciedad en que no había razón alguna para que fuera ella quien dejase el trabajo. Al principio estuvo de acuerdo, pero permanecer allí le resultaba demasiado doloroso. Además, prefería rematar su venganza de manera impecable, haciendo gala de una rectitud fuera de toda duda y sin perder la sonrisa en ningún momento. Sus superiores aceptaron la renuncia con lástima. Sin embargo, para ella lo más importante era sacar de su vida de una vez por todas a su exnovio y su mujer. Simplemente se quitó de en medio, como ellos querían, y, a pesar de la solidaridad de sus colegas, lo cierto era que tan pronto como se marchase de allí la olvidarían, igual que olvidarían el escándalo que había sacudido la oficina durante un tiempo. Como se solía decir, los acontecimientos sobrevivían como mucho setenta y cinco días.

En cuanto se mudó a Obayashi comprendió que era un lugar muy cómodo no solo por su ubicación, a mitad de camino entre Umeda, en Osaka, y Sannomiya, en Kōbe, sino también porque contaba con una considerable oferta comercial sin que por ello el precio de los alquileres fuera excesivo. En su primera visita a la inmobiliaria explicó cuál era su presupuesto y el empleado que la atendió no supo concretar dada la enorme oferta.

Finalmente encontró un piso de una sola habitación en muy buen estado y a tan solo cinco minutos a pie de la estación. Por si fuera poco, le salió más barato de lo previsto.

El nuevo trabajo le gustó enseguida. O, mejor dicho, descubrió gracias a él que se le daban muy bien las ventas. A veces no podía tomarse libres los fines de semana, pero no le molestaba demasiado; al fin y al cabo estaba sola y la mayoría de sus amigas andaban siempre ocupadas y no era fácil quedar con ellas.

Aquel sábado terminó a mediodía y decidió volver directa a casa.

«De haber sabido que me iba a topar con estas señoras, me habría ido de compras a Sannomiya», pensó.

A ella jamás se le habría ocurrido arrojar un bolso a un asiento vacío para reservarlo. En un primer momento, más que enfadarse se sorprendió, como la chica con pinta de universitaria que iba sentada justo al lado de donde había caído el bolso. Las dos se quedaron boquiabiertas.

La chica tenía carácter y enseguida hizo un gesto de desagrado, pero Shōko pensó que con ese tipo de gente lo mejor era dejarlo pasar.

Miró a la mujer que había lanzado el bolso y comprendió que esa señora tan vulgar no dudaría en montar un escándalo escudada en sus amigas. Se dijo que cualquier intervención por su parte terminaría en una sarta de injurias, y no quería verse involucrada en un altercado ni arrastrar a la otra joven al fango.

En lugar de eso, hizo un gesto con la mano para quitar importancia al asunto y susurró: «Grandes marcas, pobres modales». La chica la entendió y pareció calmarse.

Shōko se cambió de vagón y encontró un hueco junto a la puerta que quedaría más cerca de las escaleras de la estación cuando el tren se detuviese. Durante unos minutos se preguntó, preocupada, si la chica habría terminado enzarzándose con aquellas mujeres. Pero cuando el tren arrancó y la ciudad dio paso a los suburbios se olvidó del asunto. Nada más pasar Kōtō'en, el tren circulaba por una zona que le gustaba mucho.

—¿Ves las hojas secas de los helechos? En verano estaba todo cubierto —oyó que decía una chica que acababa de subirse en Kōtō'en junto con otro estudiante.

—Sí, son helechos. ¿Y qué? —le respondió su amigo, que era alto y vestía ropa de estilo punk.

Lo que tanto les llamaba la atención eran unos brotes secos y amarillentos que cubrían la pendiente del talud, a un lado de la vía.

Shōko no habría sabido que eran brotes de helecho. Ella era una chica de ciudad y esas hierbas solo le sonaban porque a veces las servían de aperitivo en algunos restaurantes. Podía pedir un plato de *soba** con brotes de montaña, pero su conocimiento de botánica sobre las especies comestibles era tan nulo que ni siquiera era capaz de diferenciarlos de unos simples brotes de bambú.

---

* Fideos de alforfón.

Era sorprendente que alguien reconociese unas tristes plantas medio secas sin estar cocinadas, y por eso observaba a la pareja con ojos de admiración. Debían de ser chicos de campo.

La muchachita, bastante más menuda que su novio, insistía en bajar el talud para recolectarlos tan pronto como llegase la primavera, pero él se negaba argumentando que la pendiente era peligrosa y muy empinada. La conversación hizo sonreír a Shōko con su mezcla de inocencia, ternura y enfado.

Luego pensó que envidiar a una pareja joven era muy triste.

Ya no escuchó los detalles de la conversación, pero vio cómo el chico le daba de repente un golpecito a su novia en la frente y ella se quejaba, y a pesar de la distancia que le separaba de ellos creyó entender la razón que le había llevado a él a hacer algo así.

El chico apartó la mirada de su amiga con las mejillas ligeramente sonrojadas. Seguro que a causa de la reacción de ella. Debido a su altura, Shōko no alcanzaba a ver la cara de la chica, pero cuando se bajaron en Nigawa le pareció entrever un gesto de descontento. Él se servía de su diferencia de estatura para ocultar su arrepentimiento.

El tren se puso en marcha de nuevo y continuó su recorrido hasta Obayashi. Shōko nunca había calculado el tiempo, pero le parecía que el trayecto entre Nigawa y Obayashi era el más largo de toda la línea. El paisaje al otro lado de la ventana se volvía cada vez más montañoso, y para ella, que siempre había vivido en la ciudad, la escena resultaba de lo más refrescante. Le encantaba ese tramo. En bicicleta podría recorrerlo en unos diez minutos. De hecho, hasta Nishinomiya-kitaguchi no tardaría mucho más de media hora.

Antes de entrar en la estación, el tren dio unos cuantos tirones. A lo mejor el conductor era novato y aún no había aprendido a frenar suavemente. Se agarró al pasamanos por si acaso.

La puerta se abrió justo delante de las escaleras, como había calculado, y al instante oyó un gran alboroto. Era un grupo de niñas cargadas con mochilas rojas todas iguales y los correspondientes gorritos amarillos. Debían de ser de primero o segundo de primaria y estarían nerviosas ante la posibilidad de perder el tren, pensó. Pero se equivocaba. Corrieron por el andén hasta la parte de atrás de las escaleras mecánicas y se escondieron allí sin dejar de reírse. Pese a ser tan pequeñas, su actitud traslucía una malicia que hizo fruncir el ceño a Shōko.

Las niñas se pusieron a cuchichear sin darse cuenta de que una mujer adulta las observaba, y, aunque intentaban pasar inadvertidas, hablaban demasiado alto debido a la excitación.

—X., tú escóndete aquí —dijo una de ellas—. Cuando venga Y., le diremos que no te hemos visto para que se vaya sola.

—¡Eso, eso...!

La tal X. se quedó detrás de la escalera con un gesto de turbación.

Cuando Shōko levantó la vista al notar que alguien se acercaba, vio a otra niña que se detenía en mitad de la escalera. Como las demás, llevaba una mochila roja a la espalda y una gorra amarilla en la cabeza. Enseguida comprendió que era la Y., la chica de la que hablaban.

Y. continuó bajando las escaleras con gesto serio. Pasó por delante de Shōko y se dirigió hacia donde estaban las demás. Como quería ver qué sucedía, Shōko se apoyó en el pasamanos y esperó como si la cosa no fuera con ella.

—¡Ay, Y.! —dijo la niña que llevaba la voz cantante del grupo como si representase un papel mediocre en una obra de teatro—. Si buscas a X., ya se ha ido. Nosotras también la hemos buscado, pero no la hemos visto. A lo mejor se ha subido en el tren anterior.

Y. no había preguntado por X. en ningún momento. Muy erguida, mantenía las distancias e ignoraba por completo el corrillo de las otras niñas y sus sonrisas maliciosas.

X. seguía escondida detrás de la escalera, a tan solo unos pasos de allí. Como Y. no se movía ni decía nada, la líder pareció inquietarse.

—¡Te he dicho que X. se ha ido!

Desde su posición, Shōko solo alcanzaba a ver la espalda de Y., de modo que no pudo distinguir la expresión de su cara cuando habló.

—Gracias por decírmelo, pero no te lo he preguntado.

«¡Muy bien dicho!», pensó Shōko.

Después, cuando la pequeña pasó a su lado camuflada entre el gentío advirtió que iba muy seria pero sin llorar. Caminó hasta la parte delantera del andén, lejos de las demás, y se sentó en el último banco sola. Su espalda recta parecía transmitir un mensaje: «No os preocupéis, no pienso mirar. Ni siquiera cuando llegue el tren. Me da igual si X. está con vosotras».

Era increíble que unas niñas tan pequeñas desplegaran tan malas artes, o bien hicieran gala de un principio de dignidad y orgullo. Varias categorías femeninas estaban ya definidas en ese grupo infantil.

La entereza de Y. hizo que Shōko se acercara a ella.

—¿Puedo sentarme a tu lado? —le dijo.

La niña levantó la cara con un gesto de desconfianza. A Shōko le recordaba a sí misma de pequeña.

—Sí.

Todos los niños sabían que no debían hablar con desconocidos, y por eso la pequeña se mostró cautelosa con aquella mujer surgida de la nada.

—No nos conocemos, pero puedes estar tranquila, no soy ninguna criminal.

—De acuerdo.

—Solo quería decirte que he visto tu reacción y creo que has estado perfecta.

Y. abrió mucho los ojos y, como si su resistencia cediera de repente, derramó unas lágrimas.

Shōko le ofreció un pañuelo que sacó del bolso.

—Quédatelo. Te lo regalo.

—Pero mi mamá se va a enfadar...

—No te preocupes. Dile a tu mamá que has llorado porque te has caído y una mujer amable te lo ha regalado. No querrás que esas niñas te vean llorando, ¿verdad?

Y. apretó los labios y se limpió los ojos con el pañuelo sin decir nada. Como Shōko había imaginado, era una niña orgullosa y no tardó en darse cuenta de que las demás husmeaban desde la distancia para averiguar qué pasaba.

—A veces las cosas se ponen difíciles, la gente no siempre se porta bien con nosotros... Pero te aseguro que hay personas que se dan cuenta de lo buena que eres. A mí me pasó lo mismo, así que no te desanimes.

Y. apartó el pañuelo de su cara para mirarla.

—¿Tú eres feliz?

La pregunta pinchó donde más dolía y Shōko no pudo evitar responder con una sonrisa amarga en los labios.

—Iba a ser feliz, pero no salió bien y ahora lo estoy intentando de nuevo.

Su trabajo le gustaba. Se había mudado a un lugar fantástico e incluso había sabido devolver el golpe cuando la habían traicionado. En ese sentido no tenía nada de lo que arrepentirse.

—No me arrepiento de nada. Me está costando un poco, pero seguro que lograré ser feliz.

—Entonces yo también me esforzaré. Me llamo Shōko.

La Shōko adulta se quedó pasmada. No sabía si el nombre de la niña se escribía con los mismos ideogramas que el suyo, pero la casualidad la dejó perpleja.

A lo lejos se escuchó el sonido de un paso a nivel al cerrarse. El tren que estaba a punto de entrar en la estación iba a Nishino-miya-kitaguchi, en la dirección contraria, y cuando reemprendió la marcha al cabo de unos minutos se oyó el aviso que anunciaba la llegada del tren que esperaban.

—Ya viene el tren —le dijo a la niña—. Cuídate mucho.

Las dos se dijeron adiós con la mano y una sonrisa en los labios. La pequeña enderezó la espalda con la vista puesta enfrente sin dignarse a mirar a sus enemigas.

Antes de subir las escaleras, Shōko se detuvo y las observó fríamente. Sin duda eran niñas, pero su interior ya albergaba la semilla de la mezquindad y el descaro. Ellas, que la habían estado vigilando con curiosidad, desviaron los ojos, incómodas, al notar el desprecio con que las miraba.

Al margen de la edad, a las mujeres se les daba bien detectar la debilidad de sus congéneres para después actuar en consecuencia, pero Shōko no sería una presa tan fácil como esas niñas podían pensar. Era capaz de intimidar a cualquiera, hombres o mujeres, jóvenes o viejos. Sabía esconder los colmillos, pero una vez que los mostraba se lanzaba directa al cuello de quien se le pusiera por delante. Hasta tal extremo era así que una mujer mayor desconocida, seguramente con ese mismo carácter, se había dado cuenta, se le había acercado y le había aconsejado prudencia.

«Una mujer como yo no tiene fácil ser feliz —pensó, incapaz de borrar la sonrisa amarga de sus labios—, pero...».

«Entonces yo también me esforzaré...».

Debía hacer lo posible por ser feliz, se dijo a sí misma. «Se lo he prometido a esa niña cuyo nombre ni siquiera sé cómo se escribe. Feliz como esa pareja que se ha bajado del tren en Nigawa. Feliz para no sentir amargura cuando me cruce con otros chicos como ellos».

Cuando había alcanzado la mitad de la escalera, un tren se detuvo en el andén. Se abrieron las puertas y salieron los pasajeros. De pronto, alguien levantó la voz por encima del rumor de la gente y Shōko oyó enseguida el golpeteo de unos tacones al subir.

«¿Me habla a mí?», se preguntó mientras volvía la cabeza.

—¡Lo sabía! ¡Sabía que era usted!

Era la chica con la que se había cruzado en el vagón en Nishinomiya-kitaguchi, cuando aquella señora terrible había arrojado su bolso al asiento libre.

—¿Qué ha pasado? ¿No venías tú en el tren anterior?

—¿Y tú? ¿Por qué apareces ahora? No me digas que has tenido problemas con esas mujeres...

—Ah, no. No es por eso —dijo la estudiante mientras negaba con un gesto de la mano para tranquilizarla—. Disfrutaba de una de esas sorpresas que a veces nos depara la vida.

A Shōko le hizo gracia esa forma de expresarse y se rio.

—A decir verdad, yo también disfrutaba de una de esas sorpresas que te da la vida. Me la he encontrado al bajar del tren.

Caminaron hacia la salida oeste y fue la chica quien se rio en esa ocasión.

—Qué casualidad, ¿verdad?

—Sí.

Shōko pensó de pronto que las semillas de la felicidad podían estar dispersas en cualquier parte.

—Si tienes tiempo, podríamos tomar un té. Lo que acabo de vivir ha sido muy importante y me gustaría hablarlo con alguien.

—Me apunto al té. A mí también me gustaría contarte lo que me ha pasado.

—¿No tendrá algo que ver conmigo?

—Sí, sí, por supuesto, en cierto sentido eres una de las interesadas.

Shōko se preguntaba si tendría relación con el grupo de señoras.

—Acabo de mudarme a esta zona y no la conozco bien. ¿Tú?

—Podemos ir a Komanomichi. Hay un italiano donde sirven tartas y puedes repetir café.

—Komanomichi está...

—En la línea Nakatsuhama.

—¡Ah, sí, ya sé! Hay que girar a la derecha antes de un cruce donde hay un supermercado al por mayor, ¿verdad?

—Sí, allí es. Es un sitio barato y las tartas están muy ricas.

Shōko supuso que elegía ese sitio precisamente por su situación económica. Ella podía invitarla a tomar un té en cualquier parte, pero no quería forzar las cosas porque intuía que podían llegar a ser buenas amigas a pesar de la diferencia de edad. Si insistía en pagar ella el primer día, tal vez la chica se ofendiera. Por tanto, mejor adaptarse y no darle más vueltas al asunto.

—Aunque a lo mejor prefieres algún sitio más fino...

Como suponía, la chica parecía sentirse en inferioridad de condiciones respecto a ella.

—¿Qué dices? A pesar de que trabajo, vivo sola y no puedo permitirme demasiados lujos. Intento aprovechar las ofertas de los supermercados y me encantan los *kaiten sushi*.*

—¡Qué bien!

---

* Restaurantes económicos de sushi que sirven los platos en una cinta transportadora.

A ojos de los demás, pensó Shōko, podían pasar por hermanas y eso le divirtió.

«Voy a dar un paso hacia la felicidad», se dijo a sí misma.

Después del té tendría una nueva amiga y a su edad ya no resultaba tan fácil hacer amigos.

Sakasegawa

«¡Vaya, vaya!».

Tokie observaba discretamente a la joven pareja que esperaba el tren a su lado en el andén en dirección a Takarazuka.

Al hacerse uno mayor, los días pasan volando y, cuando quiere darse cuenta, un año se ha esfumado. Seis meses, por tanto, se perciben como si fueran ayer.

Se acordaba muy bien de esa enorme bolsa de lona con la imagen de un personaje de dibujos animados conocido en el mundo entero.

La primera vez que la vio fue en el andén opuesto, cuando la chica bajaba las escaleras. El mismo chico que ahora estaba a su lado hacía todo lo posible entonces por acercarse y ella le sonreía. Aquel comienzo de historia de amor al que Tokie había asistido por pura casualidad había tenido, al parecer, el viento a favor, y se había transformado en algo cristalino que le hacía sonreír. Esperaban el tren sin soltarse de la mano y tenían todo el aspecto de ser felices.

Tokie, por su parte, cargaba un transportín para perros con un pequeño teckel dentro. Ami, su nieta, estaba a su lado. Ami había querido ponerle al perro un nombre que sonara moderno y occidental, algo así como Marron o Chocolat, pero Tokie se había otorgado ese derecho en calidad de propietaria del animal.

Ella hubiera preferido un perro de raza japonesa, pero no había tantas variedades de tamaño pequeño, y, si hubiera elegido un shiba, por ejemplo, habría tenido que hacer mucho ejercicio diario. Además, no estaban recomendados para personas de su edad, según había leído.

También había valorado la posibilidad de un shiba en miniatura, pero por muy pequeños que fuesen no eran pocos los que terminaban por alcanzar el tamaño de sus parientes de talla normal. Demasiado riesgo.

Al final se había decidido por un teckel de pelo largo y negro como quería Ami, aunque no había cedido en el asunto del nombre.

Se llamaba Ken. Igual que el kai que había tenido hacía muchos años, cuando aún vivía con sus padres, y que murió cuando su hijo empezó la guardería, aunque él ya no se acordaba y, quizá por eso, le reprochaba que le hubiera puesto un nombre tan soso.

Ami, enfurruñada, seguía insistiendo en cambiarle el nombre, pero a Tokie le daban igual las protestas y rabietas de su nieta. En ese aspecto, no era una abuela indulgente.

La niña había terminado por acostumbrarse al nombre y solía ir a dormir a casa de su abuela para poder estar con el perro. De hecho, el día anterior su nuera la había dejado con ella después de recogerla de la escuela infantil, disculpándose por las molestias que le causaba. Desde que Tokie tenía a Ken, su casa se había convertido en una guardería con servicio nocturno.

—Abuela, yo llevo a Ken.

—No. Hace un momento ni siquiera eras capaz de bajar las escaleras con él.

—Sí puedo. Por lo menos mientras llega el tren.

Tokie ponderó el quebranto que le iba a causar la niña si se enfadaba otra vez, así que optó por dejarle un rato el transportín.

—Apártate del borde, no se vaya a caer. Si te pesa, me lo das.

Sin que la niña se diera cuenta, Tokie mantuvo sujeta una esquina del transportín. Como imaginaba, antes de que llegara el tren se cansó.

—Toma, abuela, te lo devuelvo.

—Ya te lo decía yo.

Enseguida se oyó a lo lejos el sonido del paso a nivel al cerrarse que anunciaba la inminente llegada del tren.

Su buena mano había evitado el mal humor de la niña, pero en cuanto subieron al tren pensó que nunca había estado en un vagón tan ruidoso. Un grupo de señoras montaba un escándalo considerable, y Tokie se dijo a sí misma que ni siquiera los jóvenes daban tantas voces ni alteraban tanto el ambiente. Se preguntó cómo era posible que ciertas mujeres maduras olvidaran por completo el significado de la palabra «discreción».

El caso era que en el vagón solo se oía el griterío de esas mujeres, que ocupaban más de la mitad de los asientos dispuestos longitudinalmente. Eran solo cinco o seis, pero por el volumen de sus voces parecían muchas más. Se habían sentado juntas y hablaban todas a la vez, por lo que no les quedaba más remedio que gritar entre ellas.

No era de extrañar que hubiera tan poca gente, pensó Tokie, probablemente otros pasajeros habían cambiado de vagón. Algunas personas, de hecho, no mostraban reparos a la hora de evidenciar su irritación, pero las mujeres, entregadas en cuerpo y alma a la cháchara, no parecían darse cuenta de nada.

Asustado tal vez por todo ese bullicio, Ken empezó a gemir. Una de las mujeres se percató y frunció el ceño al ver el transportín, que estaba justo enfrente. Tokie supo entonces que era mejor alejarse de aquellas señoras lo antes posible, de modo que agarró a la niña de la mano y buscó un sitio más apartado.

Ami observaba muy interesada a las mujeres, que le recordaban a una bandada de cacatúas. Reaccionar al impulso de la luz y del sonido es una característica de los niños y por eso no pudo evitarlo. Además, hacían tanto ruido que tratar de ignorarlas hubiera sido un suplicio incluso para un adulto. Por si eso no fuera suficiente, Ami estaba en esa etapa de la niñez en la que no dejaba de preguntar a todas horas por qué.

—Abuela —dijo—, ¿por qué hacen tanto ruido esas señoras tan mayores?

La inocente pregunta, lanzada en voz alta en medio del guirigay, hizo que algunos pasajeros a su alrededor se echaran a reír.

—Hace poco fuimos de excursión y la profesora nos dijo que en el tren teníamos que ir callados. ¿Se puede hacer ruido de mayor?

De nuevo, la inesperada audiencia no pudo contener la risa.

Tokie se encogió de hombros y miró a su nieta. «¡Vaya comentario! —se dijo a sí misma—. ¿A quién te parecerás?».

Las mujeres se callaron y les dedicaron miradas furibundas.

—¿Se puede saber qué clase de educación le está dando usted a esa niña? —preguntó la que iba sentada en medio y parecía llevar la voz cantante.

Tokie se giró hacia ellas.

—A mi nieta, básicamente, trato de educarla en los fundamentos del sentido común.

Su respuesta suscitó otra oleada de risillas burlonas a su alrededor, lo cual encendió de ira los rostros de las mujeres.

—¿Habla usted de sentido común con ese perro en el tren? ¿Y eso le parece educar a la niña? Menudo futuro le espera.

«¡Vaya, vaya! Así que quieres pelea —pensó—. Si se trata de la educación y del futuro de esta niña, los únicos que tenemos algo que decir somos sus padres y yo».

Tokie agarró a Ami con una mano y con la otra el transportín de Ken. Se acercó a las mujeres, que mostraron cautela ante los pasos rítmicos y decididos de ella, una mujer que, pese a ser abuela, no parecía una mujer mayor. Sin duda no habían contado con semejante reacción.

Cuando las tuvo delante habló con el mismo tono que solía utilizar cuando enseñaba en el instituto.

—Escúchenme bien —dijo—. Si van en su correspondiente transportín y pagan la tarifa establecida, tanto los perros como los gatos pueden viajar en el tren acompañados de sus dueños. Así lo dice la ley. Mi nieta y yo llevamos a nuestro perro ajustándonos a esa norma. Aquí tengo el billete.

Sacó el billete del bolso y lo mostró.

—Son las reglas que establece la compañía ferroviaria, de manera que si tienen ustedes alguna queja pueden dirigirse a ella.

La reacción a sus palabras fue totalmente inesperada.

—¡Huele fatal! —dijo la misma señora que había fruncido el ceño nada más ver el transportín.

Por si fuera poco, lo dijo mirando a Ami, no a su abuela.

—Ese perro huele fatal —prosiguió—. ¡Aléjese! ¡Qué horror!

La cara de Ami se encendió.

—¡Mi perro no huele mal! Ayer lo bañé con champú. Siempre lo bañamos con champú.

Como habían comprendido que no podían ganar en una discusión con ella, pensó Tokie, apuntaban a una niña indefensa. Estaba a punto de contraatacar cuando intervino una joven.

—A mí me parece imposible distinguir el olor del perro.

Era la chica de la bolsa del ratón que había despertado la sonrisa de Tokie.

—Más bien son los efluvios de tanto perfume los que provocan las ganas de estornudar.

Su novio asintió.

—Yo casi estoy mareado —dijo.

La chica, que era muy guapa y estilosa, sonrió a las mujeres.

—Seguro que utilizan ustedes perfumes caros, pero ¿saben acaso cómo usarlos? Basta una gotita de nada detrás de la oreja o en las muñecas. No es un desodorante porque, cuando se abusa, el olor se vuelve muy desagradable y molesto para los demás. A lo mejor no se dan cuenta porque se les ha atrofiado el sentido del olfato, pero, bueno, si son capaces de oler al perro será porque lo tienen más desarrollado que él.

La expresión del rostro de las mujeres adquirió tintes grotescos porque habían comprendido que ya ni siquiera les quedaba margen para la réplica.

—El champú del perrito huele mejor —dijo la chica mientras sonreía a Ami.

—Huele a flores —añadió la niña.

La sonrisa desapareció de los labios de la chica cuando se dirigió de nuevo a las mujeres.

—Los seres humanos tenemos una gran ventaja, porque, aunque hagamos más ruido que los perros, a nosotros no nos encierran en un transportín.

La chica había asumido un papel destacado en la discusión y Tokie empezaba a lamentarlo. Mientras pensaba en cómo recuperar la iniciativa para liberarla, el novio de la chica puso punto final a la conversación.

—En las máquinas expendedoras de las estaciones de tren no se venden billetes para la moral y la buena educación.

Un instante después se oyó la megafonía. «Próxima estación: Takarazuka-minamiguchi. ¡Takarazuka-minamiguchi!».

La líder del grupo se puso en pie.

—Nos bajamos aquí —dijo.

—¿Cómo? ¿Por qué? ¿No íbamos a Takarazuka? —protestó otra.

—Se me han quitado las ganas por culpa de toda esta gente. Iremos a comer al hotel Takarazuka.

El tren entró en la estación y las mujeres se prepararon para bajar. Cuando finalmente se detuvo y las puertas se abrieron, salieron en tropel dejando tras ellas una nube de perfume que atrofiaba las pituitarias.

Pronunciar el nombre del hotel, el mejor a lo largo de toda la línea, debió de ser un desesperado intento de cobrarse una pequeña venganza.

—Pobres empleados del hotel —se compadeció la chica—. Tratar con ese grupo tiene que ser espantoso.

—Lo siento por ellos —dijo su novio solidarizándose también.

—No os preocupéis —intervino Tokie—. Es un hotel con mucha historia y categoría. Seguro que saben perfectamente cómo manejar a ese tipo de clientas.

La chica suspiró aliviada. Como si se conocieran de siempre, se apartaron juntos de allí huyendo del intenso olor que se resistía a desaparecer.

—Muchas gracias por la ayuda —dijo Tokie.

—No hay nada que agradecer —respondió la chica.

Miró hacia el suelo como si le diera vergüenza y su novio le dio un empujoncito.

—No lo parece, pero resulta que te gustan las peleas —le dijo riendo—. A veces hace cosas sin pensar demasiado y yo siempre temo las posibles consecuencias —añadió dirigiéndose a la anciana.

«Tampoco tú vas mal servido de ironía», pensó Tokie cuidándose de no decirlo en voz alta.

—De todos modos, en esta ocasión era imprescindible reaccionar —concluyó el chico.

Al parecer, era él el encargado de llevar las riendas en la pareja.

—Me habéis ayudado mucho —dijo Tokie.

—No se preocupe —respondió el chico con una risa burlona—. Tampoco me parecía que le hiciera mucha falta. Es usted completamente capaz de defenderse sola, pero, como estaba con su nieta y el perro, era preferible echarle una mano.

—Tienes razón. Gracias a vosotros la cosa se ha resuelto pronto.

El chico se rio.

—Usted sabía que iba a ganar de todos modos, ¿verdad? Ya lo había imaginado.

La chica se agachó para ponerse a la altura de Ami y miró el interior del transportín.

—Es muy mono. Es un teckel, ¿no? ¿Es tu perrito?

Antes de que Ami pudiera decir nada, Tokie se le adelantó.

—No. Es mío y de mi marido.

—Yo también lo cuido... —dijo la niña tímidamente.

—Tú me ayudas, pero quienes cuidamos de él somos tu abuelo y yo.

—Pero el abuelo está en la tumba...

—No importa. El perro es suyo y mío. Te lo digo siempre.

Tokie nunca daba su brazo a torcer en ese aspecto.

—Puedes tener tu propio perro cuando seas capaz de asumir la responsabilidad.

—Pero a mí me gusta Ken.

La pareja asistió atónita al diálogo entre la mujer y su nieta. Parecía una relación peculiar, porque lo lógico, a su modo de ver, hubiera sido que la abuela se mostrase más complaciente y cariñosa con la niña. De hecho, las amigas de Tokie tampoco daban crédito y le preguntaban por qué era tan inflexible con la criatura.

—Ya sé que te gusta Ken, pero nos pertenece a mí y al abuelo.

Su marido había cogido pánico a los perros después de que el otro Ken le mordiera el trasero. Por eso se había decidido por uno más pequeño.

—Eres mala.

—Me parece estupendo, pero pórtate bien en el tren. Si te pones pesada, no iremos al parque para perros y tampoco a comer helado a Hananomichi.

Hananomichi era la calle peatonal que llevaba al teatro de Takarazuka desde la estación, y siempre la decoraban con flores en esa época del año. Cerca de allí había una zona comercial nueva donde estaba la heladería favorita de Ami.

—Eres mala... —repitió la niña en voz baja, sin convicción.

El chico se echó a reír.

—Es usted muy estricta con su nieta. Yo pensaba que las abuelas eran más indulgentes.

—Será porque no encajo en ese tipo de generalizaciones.

La aspereza de Tokie le hacía gracia y se rio una vez más mientras su novia lo agarraba de la manga.

—Masashi... —dijo llamando su atención—. Perdona, pero creo que me estoy mareando.

Ciertamente, estaba muy pálida.

—Será por culpa de esos perfumes. ¿Quieres que cambiemos de vagón?

La sujetó por el brazo y se dirigió de nuevo a Tokie.

—Disculpe, señora, pero ella se marea y nos vamos a ir a otro vagón.

El rastro aromático del grupo de mujeres había disminuido, pero todavía era perceptible.

—Siento mucho haberos causado molestias —volvió a decir Tokie.

La chica alzó hacia ella el rostro desmejorado.

—No se preocupe. Yo tampoco soporto a esa clase de mujeres. Tal vez me haya sobrepasado, pero me apetecía mucho ponerlas en su sitio.

—¡Bien hecho!

Esa chica le recordaba a ella misma cuando era joven, pensó Tokie.

—Entonces, adiós.

El chico inclinó ligeramente la cabeza y se dirigió al siguiente vagón con su novia agarrada del brazo.

Se llamaba Masashi. Tokie se arrepintió de no haberle preguntado su nombre también a ella.

Takarazuka-minamiguchi

Tras despedirse de esa mujer un tanto excéntrica y de su nieta, Masashi condujo a su novia hasta el último vagón.

—¿Estás bien, Yuki? ¿Quieres que bajemos en Takarazuka para descansar un rato?

Yuki sacudió la cabeza.

—No. Estoy bien. Ya no huele a perfume. No te preocupes.

—¿Quieres sentarte?

Había unos cuantos asientos libres dispersos.

—No, solo falta una parada. Me quedo a tu lado.

Los dos contemplaron el río Mukogawa cuando el tren recorrió el puente que lo cruzaba.

La gran lengua de arena que tanto les llamó la atención en su primer encuentro era ahora un poco más estrecha. Aquel día, al ver que alguien había dibujado allí con piedras el ideograma de «vida», ella había hecho una asociación mental con la cerveza que le gustaba. Para Masashi, por aquel entonces, Yuki solo era la rival con la que se cruzaba a veces en la biblioteca, la chica que le arrebataba delante de sus narices los libros que él quería leer. Le daba mucha rabia, pero ella le gustaba.

Cuando se bajaron en Sakasegawa, fue ella quien le propuso que tomaran algo la próxima vez que se vieran. Así fue como prendió la chispa del amor entre ellos. Masashi saltó del tren para seguirla y, casi sin aliento, le preguntó si esa próxima vez no podría ser ese mismo instante. Por fortuna ella estaba libre y aceptó de buen grado la invitación. Luego intercambiaron sus números de teléfono mientras él dudaba aún de su buena suerte.

Empezaron a ir juntos a la biblioteca y a quedar algún sábado en Sakasegawa. Su actitud era comedida, casi tan formal como la de los adolescentes en el instituto. La única diferencia era que de vez en cuando salían a cenar y bebían.

Cuando iban a la biblioteca miraban desde la ventanilla del tren la isla en mitad del río.

—Todavía sigue ahí el ideograma.

—Sí, ahí está.

Ignoraban quién se tomaba la molestia de mantenerlo intacto, porque, aunque la hierba amarilleaba con el verano, alguien arrancaba la maleza que amenazaba con cubrirlo y volvía a colocar las piedras en su posición original si alguna se movía. Gracias a esos cuidados, el mensaje se mantuvo allí en silencio durante mucho tiempo.

Hasta que el paso de varios tifones con sus lluvias torrenciales hizo crecer la corriente del río y lo devolvió a su estado natural.

—Ha desaparecido.

—Sí, ya no está.

—Pero ha durado mucho, ¿no te parece?

—Sí.

Masashi no habría sabido decir cuánto, pero lo cierto era que ya hacía tiempo que iban el uno a la casa del otro.

A menudo, la cita en la biblioteca iba seguida de una cena.

Y fue en esas cenas donde Masashi se dio cuenta de que a ella le gustaba beber. No era tan sorprendente, teniendo en cuenta que, nada más verlo, ella había relacionado el ideograma de «vida» con la cerveza. La primera vez que salieron juntos, cuando Masashi hizo acopio del valor necesario para invitarla, acabaron en una taberna que Yuki solía frecuentar. El hecho de que una chica de su edad fuera sola a beber a una taberna era la prueba fehaciente de su afición por el alcohol.

Masashi también toleraba bien la bebida. Yuki nunca perdía el control, por mucho que traspasara cierto límite. Cuando terminaba la noche, su aspecto era impecable y jamás bajaba la guardia para abrir la puerta a potenciales seductores. Todo ello equilibraba la relación entre ellos, pero la prudencia de ella se vio afectada en la época del *ochugen*, cuando se celebraba la vieja costumbre de hacer regalos en mitad del verano, como muestra de reconocimiento, a amigos, a conocidos o compañeros de trabajo.

El caso es que en la empresa donde trabajaba Masashi respetaban siempre esa costumbre, y el 15 de julio, al acumularse los regalos, se decidió hacer un sorteo entre los empleados. Se trataba de una empresa relativamente grande, y en consecuencia los obsequios eran numerosos.

A menudo sucedía que alguien que no bebía ganaba un paquete de cervezas y, por el contrario, a un bebedor le tocaban en suerte zumos o dulces, por lo que todo el mundo se sentía libre de intercambiar los premios cuando el sorteo terminaba.

A Masashi le tocó uno de esos premios que todos los amantes de los licores ansiaban: una botella de casi dos litros de Keigetsu, una marca famosa de sake de la provincia de Tosa, en la prefectura de Kōchi. Era la contribución al ritual de un cliente que todos los años mandaba sakes de calidad de distintos lugares del país.

Muchos se acercaron para ofrecerle un intercambio, y un año antes sin duda lo habría aceptado sin mayores complicaciones.

Después de todo, para un soltero como él resultaba más conveniente la cerveza.

Pero en esa ocasión, por el contrario, se zafó de todos los pretendientes de la codiciada botella y no le importó si eran sus jefes o compañeros de más edad. «Esa botella es demasiado grande para ti solo, ¿no crees?». Él se defendía como podía: «Seguro que tampoco bebe nadie en vuestra familia. Y yo quiero disfrutar de un buen sake de vez en cuando». Podía conservarlo mucho tiempo sin riesgo de que se echara a perder, desde luego, y el argumento terminó por convencer a todos.

El premio acabó en su casa.

Pero la verdad era que no le gustaba el sake. Bebía un poco de todo, sin gusto definido y nunca solo. Prefería hacerlo en compañía de amigos y ahora también con Yuki.

Yuki sí que sabía disfrutar de un buen sake. Desde el principio le propuso que pagaran a medias, salvo si se trataba de una celebración particular o un cumpleaños, y por eso, si quería pedir uno bueno, siempre le preguntaba a él.

Bebía con verdadero placer. Masashi la animaba a tomar una segunda copa, pero ella solía decir que una sola bastaba para apreciar su valor.

También él aprendió a saborear una buena bebida sin excederse. Cuando salía con sus compañeros de trabajo, sabía parar a tiempo por mucho que le incitaran. Si lo acompañaba Yuki, la contemplaba admirado mientras ella degustaba algún preciado licor.

Estaba deseando, por tanto, invitarla a compartir ese obsequio tan excepcional y, con un poco de suerte, aprovechar la oportunidad que eso le brindaba para vencer un poco sus resistencias.

La llamó por teléfono.

—¿Sabes? Me ha tocado en el sorteo de la empresa un sake de primera de Kōchi...

Como no podía llevar la botella a un restaurante, tendrían que quedar en casa de uno de los dos.

—¿Qué? ¿No será Keigetsu?

Masashi esperaba una reacción similar, aunque no imaginaba que ella tuviera noticia de esa marca, prestigiosa pero no tan conocida en el país.

—Lo probé hace tiempo en un restaurante de Osaka. Estaba buenísimo. —Su voz sonaba embelesada, como si aún pudiese notar el sabor en la boca—. Me lo recomendó una persona de Kōchi —explicó—. Al parecer, muy pocos restaurantes lo tienen.

Las marcas habituales de la prefectura de Kōchi eran Tosazuru o Suigei, conocidas en todo Japón.

—Me contó muchas cosas curiosas. Según dijo, un buen sake se hace a partir de un arroz de primera calidad que ha crecido gracias a un agua muy pura. De ahí que los lugares con sakes famosos suelan ser también buenos productores de arroz, como Niigata, en el norte. Kōchi tiene buena agua gracias a las montañas, pero su arroz no es famoso.

Era cierto. Masashi nunca había oído hablar del arroz de Kōchi, lo cual, en principio, debía de ser una desventaja para la producción de sake. Pero Tosazuru, la marca conocida, solía ganar el primer premio a la calidad en los concursos anuales. Quince o dieciséis años seguidos de un total de treinta. Todo un récord.

—¿Sabes por qué es tan bueno a pesar de esa desventaja?

—No. ¿Porque tienen una técnica de elaboración secreta o algo así?

—No. Porque en Kōchi les gusta tanto el sake que con su entusiasmo logran superar cualquier obstáculo.

Él había oído decir que en Kōchi bebían bastante, y todo el mundo sabía que las mujeres de allí, por mucho que dijesen que se las arreglaban con un vasito, se podían terminar sin problemas una botella entera.

La historia que le contó Yuki era curiosa. No tenía modo de saber si era cierta o no, pero como mínimo ingeniosa sí. Masashi, en cualquier caso, no se rio con la naturalidad acostumbrada: algo en su relato le había inquietado.

A su edad era imposible que no tuviera un pasado, y, si la persona que le había contado todo aquello había sido alguien especial para ella, tal vez aún mantuvieran el contacto, y eso le perturbaba.

—Esa persona de Kōchi... ¿es del trabajo?

—Sí.

Su tono desenfadado al hablar del asunto podía significar que la relación había terminado sin grandes sobresaltos, pero eso mismo conllevaba el peligro de que en algún momento la retomasen.

Yuki dijo entonces con voz juguetona:

—Digamos que es la típica persona de Kōchi que afirma que se las arregla con un vasito de sake.

—¡Podías habérmelo dicho!

—¿Te preocupa? —preguntó ella al otro lado de la línea telefónica.

—Sí, no puedo evitarlo.

—Lo siento... ¿Puedo ir en algún momento a tu casa? —propuso a continuación, sin más explicaciones—. Está en Obayashi, ¿verdad?

Quedaron para el fin de semana. Prepararían algo a la plancha. Y, tras concretar los detalles, Yuki le dio las buenas noches y colgó.

Aquel día Masashi se esforzó por limpiar hasta el último rincón de la casa antes de ir a recoger a Yuki a la estación.

Después de hacer la compra juntos, dieron un paseo y pasaron al lado de una biblioteca.

—¿Hay una biblioteca en Obayashi? —preguntó ella—. ¿También sueles ir?

—Pues... sí.

—¡Qué suerte!

—¿Suerte por qué? Tú puedes venir siempre que quieras. Solo hay una parada desde Sakasegawa.

—Me daría pereza. La otra está en dirección contraria. Demasiado esfuerzo. Debería haber buscado un apartamento por aquí...

—Sakasegawa es muy cómodo, ¿no?, y tienes cerca una librería enorme.

—Es cierto, pero...

Llegaron al apartamento y él la invitó a pasar.

Yuki no solía dejarse intimidar, pero en esa ocasión entró con reservas. Estaba nerviosa y miraba sin cesar de un lado a otro.

—Está muy limpio.

—He limpiado hoy. Normalmente está más desordenado.

—¡Qué cocina tan minúscula!

Era una cocina pequeña con un único fuego eléctrico y el clásico fregadero estrecho de los apartamentos de una sola habitación. Parecía que la hubieran encajado a golpes en el pasillo. Masashi no la usaba demasiado, y cuando invitaba a amigos prefería sacar la plancha o un hornillo portátil de gas.

Fue ella quien propuso la idea de la plancha porque se daba cuenta de que sería más fácil.

—¿Normalmente qué comes?

—Arroz blanco precocinado o comida preparada que hacen en ese súper donde acabamos de estar.

—Seguro que necesitas más verdura. Aprovecha y come hoy toda la que quieras.

Yuki entró en la cocina y enseguida se puso a pelar y cortar. Habían quedado por la tarde y todo estuvo listo para la hora de la cena. La carne y la verdura se cocinaban poco a poco en la plancha y, al fin, hizo su aparición el famoso Keigetsu. Yuki no pudo evitar un «¡guau!».

—¡Qué maravilla! Y encima es una botella de casi dos litros. Vamos a disfrutarlo con calma.

¿Significaba eso que tenía previsto visitarlo más veces? ¿O que le invitaría a él a su casa? Masashi no supo cómo interpretar el comentario.

Yuki levantó el vaso con mucha ceremonia, feliz de poder disfrutar de una bebida como esa. Masashi, que la probaba por primera vez, comprendió su alegría tan pronto como se mojó los labios.

—¿Te sirvo más?

Yuki dudó, pero antes de que él pudiera servirle tapó la copa con la mano.

—Más tarde.

Pasaron a la cerveza y empezaron a hablar de cosas intrascendentes mientras miraban de reojo la televisión. El reloj marcó la medianoche. No eran conscientes de que seguía avanzando el tiempo hasta que oyeron en la distancia el sonido del paso a nivel al cerrarse.

—¡El último tren! —dijo Masashi.

—Lo sé —respondió ella en voz baja.

—¿Te quedas a dormir?

—Si ahora me dices que me acompañas a la estación, me voy a poner a llorar.

Yuki alcanzó su vaso, se levantó y fue hasta la cocina. Lo lavó y volvió enseguida con paso firme.

—Me voy a tomar esa última copa. Después me daré una ducha.

Masashi le sirvió otra copa de Keigetsu, pero se abstuvo cuando ella quiso servirle a él.

—No, gracias. Yo no resisto tanto el alcohol como tú.

Mientras bebía un poco de agua para despejarse, ella le dijo en tono de queja:

—Estaba inquieta... Pensaba que no querías nada conmigo.

—Pero ¡¿qué dices?!

—Porque nunca lo has intentado.

—Tampoco es que me hayas dado pistas. Incluso ahora, mantienes la compostura, sin titubear, y hasta tienes el buen juicio de ir a lavar el vaso antes de servirte sake. A lo mejor si hubiéramos ido a un restaurante me habría atrevido a invitarte a venir. No sé, deberías relajarte un poco, ponerme las cosas más fáciles, pero no te preocupes, hoy no voy a dejar que te marches.

Su tono de protesta le hizo gracia a Yuki. Apuró el último trago.

—¿Ahora bebes como si fuera un sake cualquiera?

—Porque quiero ducharme.

Darle más importancia a la ducha que a un sake de primera era, tal vez, su forma de relajarse.

El tren cruzó el puente y apareció el edificio de la escuela de música de Takarazuka, una visión que parecía sacada de un cuento de hadas. Construido en ladrillo color beis y rematado con un tejado naranja, hacía gala de un diseño elegante.

Cuando tomaron la curva a la entrada de Takarazuka, Yuki se agarró del brazo de Masashi para no perder el equilibrio. Desde aquella noche en su apartamento confiaba en él por completo.

El tren se detuvo y las puertas se abrieron para dejar que los pasajeros salieran en tropel. Entre el gentío divisaron a la mujer mayor con su nieta, la reconocieron enseguida gracias al transportín del perro. Agitaron la mano en su dirección y ellas les devolvieron el saludo antes de encaminarse hacia la escalera que llevaba a la salida.

Masashi y Yuki iban a coger el tren de Umeda estacionado en la vía de enfrente.

Y, por último, Takarazuka

Después de su primera noche juntos descubrieron muchas cosas el uno del otro.

Masashi creía que Yuki le quitaba de las manos los libros que él quería leer, pero, al parecer, también ella pensaba lo mismo.

«¡Qué envidia! ¿Cómo habrá encontrado ese libro?», se preguntaba a veces. En un principio él solo la consideraba una rival y por eso se sintió tan mal cuando comprendió que nunca había actuado con maldad.

—Tenía ganas de hablar contigo, pero no quería que me tomases por una chica rara.

—A mí me daba mucha rabia que siempre te llevaras el libro que yo quería leer. Puede que no fuera exactamente el que buscaba, pero siempre me sorprendía tu buen gusto.

—¿Me odiabas?

—Sentía más rabia aún al darme cuenta de que me gustabas.

—No lo entiendo. A mí también me gustabas y no por eso sentía rabia, al contrario. Cuando coincidimos en el tren pensé que era una suerte y busqué la forma de hablar contigo.

—Entonces ¿te sentaste a mi lado a propósito?

—Sí. Quería enseñarte esa isla en medio del río.

—¿Por qué?

—Porque, si aquello te interesaba y acababas hablando conmigo, estaba segura de que podríamos congeniar.

—O sea que me echaste el anzuelo y yo piqué. ¡Gracias!

—¿Por qué me das las gracias?

—Si no me hubieras pescado tú, yo no habría sabido hacerlo. Habría terminado por rendirme como en el cuento de la zorra y las uvas.

—Pero te bajaste del tren para seguirme.

—Por eso digo que mordí el anzuelo.

«Me alegro mucho de que nos fijáramos el uno en el otro desde el primer momento», se dijo Yuki con su habitual serenidad.

El tren en dirección a Umeda iba casi vacío tal vez porque no era uno rápido y gracias a ello pudieron sentarse aunque se bajasen en la siguiente estación. Masashi le preguntó a Yuki antes de que arrancase:

—¿Te gustaría saber el significado de ese ideograma que alguien formó en mitad del río?

Para entonces ya había desaparecido por completo y la isla había recuperado su estado normal. No obstante, seguía siendo un lugar especial para ellos.

Masashi se había tomado la molestia de investigar por su cuenta en vista de la curiosidad de Yuki.

Habían pasado unos cuantos años desde el gran terremoto de Hanshin,* y aquella obra era el homenaje de un artista que celebraba el renacimiento de una zona especialmente afectada por la

---

* Gran terremoto de Hanshin-Awaji o terremoto de Kōbe, ocurrido en enero de 1995.

catástrofe. La obra, de hecho, había sido instalada mucho antes de que ellos la vieran y la habían restaurado en varias ocasiones.

—No —dijo Yuki al conocer la verdad—. Para mí tiene otro sentido.

—¿Y qué sentido es ese?

—Yo lo interpreto como la fuerza que ha tendido un lazo entre nosotros, una especie de divinidad.

Acto seguido, juntó las manos en señal de agradecimiento.

La primera vez que lo vio, aquel mensaje le hizo pensar en la cerveza de grifo. Una ocurrencia extravagante si se tenía en cuenta el verdadero sentido de la obra. En cualquier caso, a Yuki, en su afán de travesura, le parecía divertido.

—Perdónenla, por favor —imploró Masashi. Sin embargo, una mujer capaz de pensar de ese modo le resultaba irresistible.

—¿Te acuerdas de que cuando viniste a casa dijiste que era una suerte que pudiera ir a dos bibliotecas?

—Ah, sí. Me das envidia, de hecho.

—En ese caso... —comenzó a decir al tiempo que pedía la bendición a esa misma divinidad de la que había hablado ella—, ¿por qué no buscamos un apartamento para vivir juntos?

Yuki abrió mucho los ojos y lo miró.

—¿Por qué?

—Bueno... Es el momento ideal, ¿no? Si no quieres estar sola toda tu vida, debes empezar a pensar en el futuro. A mí me parece buena idea vivir juntos un tiempo antes de tomar la decisión de casarnos. No me refiero a que tengamos que estudiarnos el uno al otro, sino a habituarnos a la convivencia, a ir ajustándonos poco a poco.

«No me mires así. Me vas a hacer un agujero en la cara», se dijo a sí mismo, como se suele decir en japonés.

Luego sonrió un poco amargamente y se rascó la cabeza.

—Cuando nos demos cuenta de que nos adaptamos bien el uno al otro, podemos pensar en casarnos, ¿no te parece?

Yuki asintió con una inclinación de cabeza y le dio la mano.

—Ojalá encontremos algo bonito.

Las palabras de Yuki coincidieron con el anuncio por megafonía de la salida del tren. Él apretó su mano.

Algunos títulos imprescindibles de Lumen de los últimos años

Mañana | Olalla Castro

Una casa en La Ciudad | Ilu Ros

Notas desde el interior de la ballena | Ave Barrera

Las personas del verbo. Poesía completa | Jaime Gil de Biedma

Furor botánico | Laura Agustí

Residencia en la tierra | Pablo Neruda

Viaje al amor | William Carlos Williams

Gaudete | Ted Hughes

Cartas de cumpleaños | Ted Hughes

Los niños de altamar | Virginia Tangvald

Devociones. Poesía reunida | Mary Oliver

Ama de casa | Maria Roig

La aventura sin fin. Ensayos | T. S. Eliot

¿Por qué ser feliz cuando puedes ser normal? | Jeanette Winterson

Las naranjas no son la única fruta | Jeanette Winterson

La costurera de Chanel | Wendy Guerra

Lo mejor de Mafalda | Quino

Agosto es un mes diabólico | Edna O'Brien

El caso Rosy | Alessandra Carati

En caso de amor | Anne Dufourmantelle

Asesinato en la Casa Rosa | Arantza Portabales

Desde el amanecer | Rosa Chacel

Paul Newman. La biografía | Shawn Levy

Niágara | Joyce Carol Oates

Solo la esperanza calma el dolor | Simone Veil

Victorian Psycho | Virginia Feito

El aprendizaje del escritor | Jorge Luis Borges

Historia universal de la infamia | Jorge Luis Borges

Pelo de Zanahoria | Jules Renard

Identidad nómada | J. M. G. Le Clézio

Hay ríos en el cielo | Elif Shafak

Anatomía de un corazón | Antonia Bañados

El viejo en el mar | Domenico Starnone

La fiesta prometida. Kahlo, Basquiat y yo | Jennifer Clement

Confesiones de una adicta al arte | Peggy Guggenheim

Una traición mística | Alejandra Pizarnik

La vida según Mafalda | Quino

71 poemas. Nueva edición revisada | Emily Dickinson

El miedo | María Hesse

Luciérnaga (Premio Lumen de Novela) | Natalia Litvinova

Día | Michael Cunningham

Tu nombre después de la lluvia (Dreaming Spires 1) | Victoria Álvarez

Contra la fuerza del viento (Dreaming Spires 2) | Victoria Álvarez

El sabor de tus heridas (Dreaming Spires 3) | Victoria Álvarez

Cuando cae la noche | Michael Cunningham

Las siete | Rose Wilding

¿Quién anda ahí? | Quino

¡A mí no me grite! | Quino

¡Qué presente impresentable! | Quino

Mundo Quino | Quino

¡Yo no fui! | Quino

Potentes, prepotentes e impotentes | Quino

Gente en su sitio | Quino

Este libro
terminó de imprimirse
en Barcelona
en mayo de 2025